情思之痕

吕明凯 著

陕西新华出版

太白文艺出版社·西安

图书在版编目（CIP）数据

情思之痕 / 吕明凯著. -- 西安 ： 太白文艺出版社，
2024.1
　ISBN 978-7-5513-2534-9

　Ⅰ. ①情⋯ Ⅱ. ①吕⋯ Ⅲ. ①诗集－中国－当代
Ⅳ. ①I227

中国国家版本馆CIP数据核字(2024)第014323号

情思之痕
QINGSI ZHI HEN

作　　者	吕明凯
责任编辑	何音旋
封面设计	郑江迪
版式设计	建明文化
出版发行	太白文艺出版社
经　　销	新华书店
印　　刷	西安市建明工贸有限责任公司
开　　本	880mm×1230mm　1/32
字　　数	140千字
印　　张	14.25
版　　次	2024年1月第1版
印　　次	2024年1月第1次印刷
书　　号	ISBN 978-7-5513-2534-9
定　　价	58.00元

联系电话：029-81206800
出版社地址：西安市曲江新区登高路1388号（邮编：710061）
营销中心电话：029-87277748　029-87217872

目录

01 篇一 大 | 地 | 情

1

02 篇二　异｜域｜情

◎ 三游欧洲

◎ 印度纪行

◎ 三游美国纪行

03　篇三　教 | 育 | 情

04　篇四　桑｜梓｜情

05 篇五 亲|友|情

06　篇六　附｜录

01

· 篇一 ·

大 | 地 | 情

◎ 西行纪

2012年7月20日至8月4日,利用年假,
与几位朋友相约,赴甘肃和新疆游览。

麦积山佛的笑

摘朵朵白云

蘸满山青秀

和着万千

悲悯和慈爱

一并注入一尊尊石雕

千万年日月精华

千万人挥汗如雨

凝成一个个心中的佛

千姿百态

笑容永驻

笑容里

云卷云舒

斗转星移

花开花落

时序更替

良善者扪心

更加良善

盗贼却不时

为得逞窃喜

寻常人

心头时而划过

一抹亮色

兰州龙源公园

世上若真有龙

一定时时纠结惆怅

是盘踞于

广场公园长阶高座

还是自由游走在

水中 云中 火中或草上

还有——

该怎样应对祈雨人

该怎样判断

善良和邪恶

嘉峪关

大漠长河

戍楼刁斗

唐诗宋词

总会借你们送来

边塞的风光

征人的想望

由不得世代思妇

月夜里念着你们的名字

垂泪西望

地覆天翻

风景早已换框

大漠时时添着绿色

长河滋润着四方

戍楼刁斗

诉说着一个个

遥远的传说

道士塔

塔中

一位殉道者

一个卑微屡弱的灵魂

王圆篆

看得见你胸中的怒火

听得见你心中的不平

你的怒火在大漠中日夜燃烧

你的不平在群山中常年咆哮

凭什么一些文人

把你钉在历史耻辱柱上

连你的形象

也被无情地贬损与嘲弄

你不懂经文壁画的惊世珍贵

却知道国家的宝物不可轻怠

你向官吏皇宫哀哀相告

得到的却是对经卷的暗偷明要

被骗出卖宝物是你心中永远的痛
你的灵魂也为此昼夜难宁
你从不花费所筹款项一分一文
只为着保护洞窟　圆梦三层楼

你为保护宝物多次求官
你为筹措经费化缘奔走
你为洞窟终生坚守大漠
苦劳功劳怎能一概化为乌有

换位重活一回
诋毁者会有怎样的感受
你的怒火在大漠中日夜燃烧
你的不平在群山中常年咆哮

哈密瓜

这里春华秋实

让你清香四溢

这里的智慧和汗水

让你甘甜赛蜜

营养胜过牛奶呀

哈密因为你

名扬天下

香甜千里万里

钱袋一旦将你绑架

灵魂就会飞出躯体

看一看自助餐中的水果盘吧

多少鲜亮的哈密瓜

因为少了香甜

淡而无味

无奈地忍受着人们眼中的鄙夷

葡萄沟

你是吐鲁番的名片
你是维吾尔族的骄傲

你让小花帽里多了葡萄粒的色彩
你让新疆舞里多了葡萄蔓的婀娜

你让爱情多了甘醇的引力
你让幸福多了甜蜜的味道

你让诗人的诗更加香醇
你让歌手的歌赛过蜜糖

你让摄影师眼里多了葡萄园的五彩缤纷
你让画家的画里多了葡萄果的晶莹剔透

你是葡萄的王国
你是甜蜜的故乡

你是祖国大花园里的仙葩

你是人民大家庭里的宠儿

走遍世界忘不了葡萄沟的香甜

魂牵梦萦惦记着葡萄沟的芬芳

·篇一·

大地情

011

天山之恋

你是云的伙伴
你是雾的家乡
你最后送别晚霞
你最先迎来朝阳

你凝望过运送丝绸的驼队
你护佑过西行取经的玄奘
你替左宗棠饮过战马
你给王震将军擦过钢枪

你为塔里木准噶尔送去春风
你给南疆北疆铺上绿装
你让哈密瓜更香甜
你让伊犁马更强壮

你笑迎五湖四海宾客
你将雪莲送向四面八方
你让友谊的暖流传遍中亚

你为祖国筑起抵挡凛冽寒潮的挡风墙

你像母亲一样宽厚　包容　慈爱

你像父亲一样高大　伟岸　刚强

你跳动在一首首爱情的诗里

你矗立在一个个中国人的心坎上

布尔津五彩滩

难以想象

当年你遭受了

怎样的灾难

怎样的苦痛

以致这样

倒海翻江

倒肚倾肠

一望无际的

阶地斜坡上

陡壁隆冈　小丘沟槽

分明是那场灾难

永恒的写照

斑斓的色彩

应该是不让场景

过于血腥

那流淌千年的

额尔齐斯河呀

也应该是

同情的泪水汇成

任何时候都有

冷血的同类

对邻居的苦痛

视若无睹

无动于衷

看看对岸吧

山峦逶迤　草木宁静

那就是没有伸出过援手

铁的明证

喀纳斯湖

春的绿

夏的红

秋的黄

冬的白

为你描绘着五彩斑斓

朝霞夕照

群峰幽谷

鸟语花香

草木葱茏

给你奉献着包容灵动

天上人间可以想到的美

五洲四海能够诉说的梦

都在你的脸上

都在你的心底

你是最纯洁的冰山泪滴

你是最甘甜的北疆圣水

一个湖怪的传说

让人们对你更加着迷

如陈景润探寻哥德巴赫猜想

像牛顿思考着苹果怎会落地

你活跃在多少人的旅途

你跳动在多少人的梦里

克拉玛依之歌

一首歌

曾经唱遍祖国大地

克拉玛依

克拉玛依

黑油之城啊

对你的情

来自祖国的山山水水

对你的爱

发自每个人的心底

黑油之城啊

你是共和国的石油长子

怎能忘得了

你的艰辛

你的足迹

没有草　没有水　鸟儿也不飞

二十世纪五十年代的万里戈壁

多少人望而生畏

睡地窝子的一群群人啊

用一双双要争口气的大手

把你高高托起

一九五五年十月二十九日

一号井喷出的大量油流

让美国人言之凿凿的"中国贫油论"

从此销声匿迹

你为艰难起步的新中国航船

送去多么宝贵的动力

你让多少工厂车间

有了欢声笑语

你唤醒了多少汽车　拖拉机

黑油之城啊

你总是和时间赛跑

在多产油　产特种油的大道上

披荆斩棘　从不停息

飞上太空　探险南极

都少不了你

克拉玛依的印记

你产油量的曲线总在爬升

五十多岁高龄

竟还跃上千万吨大油田的高地

老骥伏枥　志在千里

你永远生机勃勃　激情洋溢

因为你知道

祖国离不开石油

人民需要天然气

黑油之城啊

你是石油工业的大学

你是祖国石油工业

无可争辩的圣地

大庆人从你这里起步

把戈壁的石油梦带到黑土地

"拼命也要拿下大油田"

这跨越世纪的誓言

和你同一根脉

戈壁会战的指挥者张文彬

把六千子弟

从克拉玛依带出

送往大庆

送往胜利

送往四川

送往大港

送往华北

祖国的大陆油田

到处都流淌着

克拉玛依的血液

黑油之城啊

创业创新的路上

马不停蹄

数字油田的厚礼

你早早地献给了新的世纪

油田固沙　恢复植被

创建环境友好企业

举起绿色油田大旗

你让梭梭　红柳　绿草

重新装点了戈壁

蓝天白云

百鸟啼鸣

高楼鳞次栉比

油井一望无际

克拉玛依

你已经和

光明　美丽

文明　和谐

富裕　宜居

紧紧地拥抱在一起

黑色

只继续和宝贵的石油

相联系

克拉玛依

克拉玛依

对你的情

来自祖国的山山水水

对你的爱

发自每个人的心底

伊犁河谷

撷大西洋水汽精华

聚大中华天地灵气

祖国的西北边陲

伊犁河谷托举起

瓜果飘香的塞外江南

绿树成荫的西域湿地

俊秀壮美响天下

丰饶美名传万里

张骞从这里走向中亚

用丝绸　生命和汗水

第一次把东方与西方

联结在一起

林则徐被革职流放

"林公渠"让这里

有了富裕繁华

有了蓬勃生机

三年勘察调研

这里诞生

筹边防俄大计

左宗棠抬棺西征

伊犁重回祖国

厚重的历史

永远光耀史册

你这颗边塞明珠

凝结了多少年的腥风血雨

耗尽了多少人的星夜晨曦

新的千年

东西方文明

再一次在这里交汇

霍尔果斯

梳理着欧亚大陆

日益频繁的交往

伊犁河谷

让新丝绸之路上

中华文明的大旗

更加高高飘扬

中华文明的结晶

更加璀璨绮丽

石河子王震将军雕像

你用三年时间

叫新疆改头换面

跨越几个世纪

你让天山南北

永远记住了

王震这个闪光的名字

剿匪垦荒

土地改革

发展工业

兴修水利

新城建在沙漠里

新时代的伟业

共产党创造的奇迹

到处都有

王震的名字响起

治时想起你

困时想起你

走遍天山南北的王震

建设富强边疆的王震

都铸进雕像

铸进历史

铸进教科书

铸进后代子孙的心里

情思之痕

那拉提草原的绿

你唤醒了这里的山

让花儿

在山的怀抱里

笑容更加灿烂

让鸟儿

在山的臂弯里

歌声更加清脆

你清澈了这里的水

让鱼儿

在纯净的水里

更加幸福快乐

让牛羊

有清水的滋养

更加健硕肥美

你让摄影师的相机

变得更加神奇

你让画家的笔下

有了更多生机

你给人们的生活

添了更多甜蜜

你让游客

有了更多依恋

更多难忘的记忆

喀什航天测控站

你在地窝子里诞生

第一代测控人为你接生

雪山水是你吮吸的第一口乳汁

喀什洋大曼成了你永远的故乡

测控人啊

用梦想编织你生命的乐章

用血汗强健你的筋骨

用青春浇灌你的芳华

用智慧让你耳聪目明

你让民族的卫星之梦

在祖国的边陲

多了一根擎天柱

你从浩瀚的天宇

接回第一颗奏响《东方红》的卫星

寒来暑往几十年

每一次卫星上天

每一次火箭升空

都离不开你的导引

都离不开你的护卫

你是中国航天第一站

你给喀什添光荣

中国人民的航天自豪里有你一份光辉

你的功德永存人民心中

香妃墓

不仅有

迷晕帝王

千万人都想一嗅的

容妃的异香

还有

把喀什第一次写入历史的

张骞的厚重

获胜归来　策马扬鞭的

班超的荣光

一经埋入

价值立增

万世名扬

是一人得道

鸡犬飞升

还是有缘富贵

福被故乡

带着猜疑走近

在历史与传说中徜徉

思接千载

神游万方

宁愿相信

因为你的美丽善良

家乡有了繁荣

有了希望

你让乡亲们

有了安宁

有了吉祥

喀什看望舅舅

您八十岁高龄

机场迎

颤巍巍挥动双手

机场送

泪涟涟依依深情

餐桌上忆旧

您总说

人应该忠诚忠厚

不能心中只有自己

不能只看到自己的功劳簿

您感恩命运

对家乡

对亲人

却总是深怀歉疚

您少年从军

无数次扑向战火

无数次死里逃生

一把军号

从关中平原

吹上兰州城头

从北疆戈壁

吹到南疆绿洲

吓傻多少妖魔鬼怪

给正义将士多少胆气豪情

王震治疆的史册里

应该少不了

您最普通的姓名

振兴边疆交通

几十年时空变迁里

您抖落多少朝露

送走多少星斗

喀什古城里

您和青年　中年　老年

一一作别

为边疆建设奉献

就是您生命的全部

何须说功劳苦劳

边疆发展

您就圆了人生大梦

您的亲人们哪

该怎样理解感恩

该怎样理解歉疚

◎ 南北风

西沙游

2018 年 2 月 6 日至 8 日，乘海轮
去南海的西沙群岛游览。

一、西沙观海上日出

冲破无穷无尽的暗物质的羁绊

挣脱无处不在的引力波的捆绑

你义无反顾

不断地把光明献给世界

一切魑魅魍魉都快速逃遁

一切阴谋和欺骗都现出原形

光鲜透亮的寰宇啊

竟是这样迷人

摒弃窒息一切的寂静的撕扯

冲破扼杀一切的死亡的网罗

你勇敢无畏

持续地把生命奉献给世界

海中鱼儿一跃

激起千万里虫鸣鸟啼

生机勃勃的天地啊

让一切画笔有了生命

不屑孔子　陈子昂慨叹

不顾哥白尼　爱因斯坦理论定律

你特立独行

源源不断地把希望馈赠给世界

今天的一切都焕然一新

康庄大道指向明天　指向未来

有梦想的时空啊

让一切诗篇有了神韵

二、西沙拾贝

美丽的西沙

你给了世界

多少动人的神话

你湛蓝的海水

迷人的岛礁

优美了多少诗篇

灵动了多少图画

湛蓝的海水呀

你集纳了多少

年轮　故事和童话

无论是东海龙王送你的珠贝

还是南海观音赐你的轻纱

让你的世界色彩缤纷

不断地变换着模样

永远光鲜美丽

永葆青春年华

蓝蓝的海水呀

你一定还记得

郑和的龙船队

满载着友谊和财富

远航印度洋　阿拉伯海　红海

把非洲　欧洲和亚洲联结在一起

让我们的朋友遍布海角天涯

东西方文明

在一次次深度互动交融中

激荡萌动

生长出多少

五颜六色的花朵

释放出多少

惊异世代后人的光华

谁说

中国只有封闭落后的黄色文明

问问西沙蓝蓝的海水

它会用所有的记忆作答

是华夏儿女

一次次打开大门

蓝色文明早就镌刻于中华史册

强壮了民族的身躯

玻璃海呀

你的世界

永远都澄明透亮

你绝不允许任何污秽

玷污你纯洁的胸膛

因为你的心底早早有了

中华龙的印章

不管是何方虾兵蟹将

都不得染指你

不管是舞文弄墨

抑或是舞刀弄枪

你都光明磊落

不改容颜

玻璃全变成铁和钢

鸭公岛

银屿岛

全富岛

一颗颗璀璨的明珠

永远闪耀在美丽的西沙

千千万万游客留下的

只有一串串闪光的脚印

带走的却是

五光十色的美好记忆

永恒不变的深情牵挂

南海之梦

你帮多少人圆了

多年的梦想

你让家国情怀中

多了一块蓝色的宝石

你在爱国之志中

注入了液体的精钢

今天的分别

我心中已写下永远的诗行

你和南海

永远在我们的心上

三、西沙遐思

天山的霞光

黑龙江的云裳

黄河源头的绿色

长江两岸的芬芳

镶嵌在虔诚的眸子里

一齐来到

西沙群岛

多少年

南海一直都是祖国母亲

蓝色的脾脏

亿万颗滚烫的心

世世代代牵挂着南海

起起伏伏的波涛

谁不想亲吻西沙的波光

谁不愿在这蓝色的海洋里

自由徜徉

放飞梦想

猎猎红旗下

激情唱起

回荡在海天万里的歌

南海风云中的硝烟战火

西沙海战十八勇士的英雄群像

反对南海仲裁集聚的民气

"一带一路"催生的辉煌

让红旗更鲜艳

叫歌声更高亢

坚岛利剑抵住南天

铁甲雄兵巡弋海疆

把蓝色的自信和蓝色的自豪

一并捎给

龙江天山

黄河长江

己亥冬海南生活纪事

蓝天碧水

看百花戏蝶

椰林处处

晨曦催银发

歌舞健身再沐夕辉

岸边观鱼

阡陌闲步

日日陶令意

时览网页

四海波涌嵌眼底

曾闻海滨度假

书中故事

难解许多谜

如今候鸟年年飞

梦境已成常事

天南海北

庙堂江湖

养老同彼此

国家隆盛

方有今日惬意

钱塘江畔夜游

月朦胧

水朦胧

同在钱江岸边行

江堤有诗心有诗

说不尽

道不明

江水静默流

隔岸点点灯

山一程

水一程

人生何时览无余

登山临水觅胜景

时结伴

时伶仃

无处是极致

山水恒有情

游浙江象山花岙岛

一、石林奇观

冲天狂啸的滚烫岩浆

暖热了心脏

挺拔了脊梁

任上亿年风剑浪刀

无休止地击打　砍削

坚定地挺立在大海的胸膛

笑看云卷云舒

日明天高

撑起长天

守住海疆

二、绝壁上的小草

只要有一丝希望

就要让根须

不懈地寻找

水分　养料

不管石头多硬

悬崖多高

向太阳争取

光和热

用绿色锻造

钢铁的臂膀

在狂风恶浪中

站稳脚跟

挺直腰杆

叫生命的辉煌

在险峻处坚定地绽放

雨中别广州

翠绿的亮色

总有褪去时

白云的柔情

不会永恒

怅然而立

只有——

簌簌细雨

诉说着昨日的欢愉

微微冷风

敲打着曾经的思绪

问一声雨

何时翠绿可再亮

问一声风

哪日白云能停留

乘高铁

一切都被抛在脑后
一瞬间——
光明　黑暗
山川　原野
曾经的狂放
曾经的辉煌
曾经的孤寂
曾经的寥落
无可避免地
飞快遁入
历史的深处

还有多少人
愿意翻晒
昨天的阳光

访丝绸博物馆

缂丝刺绣称翘楚

绫罗绸缎秀班行

苏州织造垂青史

丝绸缣缃连四洋

千丝万缕追美梦

日思夜想赋华章

庆幸代有传承人

绣得天下永吉祥

京藏高速飞车

巍峨壮丽的崇山峻岭

雄浑壮阔的戈壁沙地

天高地阔的茫茫草原

一幅幅壮美的图画

飞速地

向着我

——展开

我缓它缓

我疾它疾

成吉思汗指挥的铁骑

乌兰夫点燃的火把

龙梅　玉荣驱赶的羊群

漫山遍野

飞速地

朝着我

——扑来

我缓它缓

我疾它疾

风驰电掣中

岁月在回溯

生命在延续

宁夏游记

喜游宁夏趁深秋

蓝天沃野一望收

贺兰高拱英雄气

王陵① 难掩党项愁

沙湖美景比西湖

玉泉葡萄赛火州②

更有全羊醇酒宴

兄弟深情万古留

---

① 王陵即党项族所建西夏王朝的帝王陵寝，该王朝后被成吉思汗所率蒙古铁骑屠城并灭国。

② 火州即吐鲁番别称。

京郊农村气象新

京郊农村气象新

香山脚下优生态

遍看密集采摘园

四望无尽大棚菜

百鸟啁啾丛林里

游客健步酒店来

早练身影暖晨风

景色逢秋更可爱

黑龙江游

一

潇洒放飞北国游

塞外初秋景色稠

五大连池湖串珠

大兴安岭绿映红

满洲里思国势强

海拉尔酝草原情

北极夜光刻心底

履印龙江志已酬

二

鸿雁歌飞展粗犷

山河起舞颂北疆

故乡情染千万里

潮起

雄浑壮阔世无双

人生都有出发地

回忆

梦中总觉泥土香

走遍五洲渡四海

再比

家乡最是好地方

山西游

洪洞槐树是祖家

王家乔家尽奢华

北魏大同聚古风

辽宋应县传木塔

五寨芦芽山秀丽

雁门边境气肃杀

山西一游博今古

归来笑谈足自夸

纪念端午节

一

端午纪念越千年

粽叶香飘万里田

汨罗不识《离骚》味

楚土难解屈子怨

国定节日用心苦

史展风华期代传

百姓贺节祝安康

学子自溯文化源

二、听徐涛朗诵长诗
《屈原颂·生死交响》

长歌一曲震苍穹

九死未悔动九州

徐涛泪洒中央台

屈子精魂耀千秋

滕王古阁兴废多

滕王古阁兴废多 ①

千年盛名缘王勃 ②

少年一序压世代

骚客万篇遁烟波

高楼添彩赣江图

群峰壮声洪都歌

秋水孤鹜今何在

地灵人杰永无错

① 据记载，滕王阁 28 次兴废，现状为
第 29 次重修。

② 有记载称王勃 14 岁赋《滕王阁序》。

婺源游组诗

一

暮入婺源水墨间

朱子①频送新画卷

游人信步成美景

华灯初上光耀天

二

山水胜境在婺源

最美乡村不虚传

鬼斧神工天作画

景致千般任流连

---

①朱子即朱子步行街，因婺源籍
历史名人朱熹而得名。

三

云遮雾障绿难掩
天街自当有洞天
不知天帝作何想
赐此美景到人间

四

依山傍水天做伴
参差披拂彩云间
徽派乡居名世界
水墨画作最天然

五

山色苍茫村舍闲
云雾缭绕浮仙岚
人间怎有此番景
何方僧道舞蹁跹

六

岁月印痕成景观
美在历史亦自然
千载风雨常洗礼
徽派风格世代传

七

天光水色紧相连
楼群倒影同依恋
灯花绚烂映夜空
晚霞不忍离婺源

八

铁路之父根婺源
盗火西方任苦甘
汽笛迎来东方白
五四运动起风烟

参观景德镇中国瓷器博物馆

相伴丝绸走西方

贵逾珍宝美名扬

国就其名传天下

城缘此业显朝纲

国礼向来负厚意

民用必作世家藏

为国建馆展瑰丽

游客到此气自强

河西走廊游

一

七彩丹霞映蓝天

湿地公园赛江南

高台英魂擎天起

西路壮歌传万年

边关雄浑引豪情

江山秀美添爱恋

千里旅程千堂课

增识励志苦亦甜

二

金塔最美胡杨林

天下雄关气象新

红装处处美景色

白发时时怡旅人

年年远游畅心胸

岁岁温饱享天伦

人生如此当满足

应喜夕照无愁云

情思之痕

额济纳旗游

一

黑城弱水风景佳

胡杨靓影美天下

卫星巡天不忘旧

追寻仙踪到金塔

二

策克口岸未曾闻

居延海籍典故传

黄杨林里留倩影

白发夕阳美暮年

四川大邑游

一、刘氏庄园

声色犬马昨日花
钟鸣鼎食过往霞
曾经四川亦刘姓
今朝庄园任品咂
争利叔侄阋于墙
为国异途誉天下
烽烟过后人情暖
辉湘①功过有史家

二、建川博物馆

人们在金铜木石中
寻找硝烟　炊烟　怒火和眼泪
细细地思忖

---

① 辉湘即刘文辉、刘湘叔侄。

情思之痕

昨天怎样走到今天

今天怎样走向明天

你让硝烟　炊烟　怒火和眼泪

变成金铜木石

无声地诉说

昨天怎样走到今天

今天怎样走向明天

开封纪游

一、鲁智深雕塑

一拔警世越千年
豪侠从来励英贤
天下遍唱《好汉歌》
万世不忘《水浒传》

二、清明上河园

一图美名万古传
青史永载张择端
盛世佳作成实景
游客到此总流连

三、清明上河园外机械马

一声长嘶惊寰宇
腾跃之势美云端
大国工匠出圣手
古今大梦皆可圆

临沂纪游

一、王羲之故居

千里寻访觅真传

书圣故里清风旋

文起百代书成宗

忠孝古今尽美谈

二、毛泽东手书《兰亭序》

兰亭一序惊千年

书圣佳作世代传

帝王倚势争真迹

专家考据列疑团

先贤临摹成精品

后辈学书作典范

领袖挥毫开新风

龙蛇竞走笔如椽

三、乾隆御笔碑

书圣故里琅邪郡

忠孝群贤冠古今

孝悌王家出祥览[1]

忠义颜氏有杲真[2]

乾隆御笔亲定调

诸葛[3]美誉添"全人"

江山万里多俊杰

自当雄立民族林

---

[1] 祥览即王羲之的先祖王祥和王览兄弟俩，分别是"二十四孝"之"卧冰求鲤"和"二十四悌"之"王览争鸩"故事的主人公。

[2] 杲真即颜杲卿和颜真卿，两人是堂兄弟关系，皆唐中期名臣，因征讨安禄山被杀。颜真卿为唐中期大书法家。

[3] 诸葛即诸葛亮。

青岛纪游

一、胶州湾大桥

蛟龙出海动地天

盘旋腾跃势无前

桥通强盛难阻挡

民族复兴梦必圆

二、公园瞻仰孙中山像

东瀛欧美觅火源

九州烈焰腾云间

帝制朽屋竞倾颓

共和大厦启新端

振兴中华顺时势

民主革命不熄烟

伟业永载辉煌史

世代铭记孙中山

三、祖孙同游

青山做伴谈天地

绿水相迎论古今

他日校园当记忆

祖孙青岛美光阴

四、海滩遐思

碧海蓝天畅胸襟

世界早成地球村

何当寰球同凉热

风平浪静人相亲

五、参观青岛"海底世界"

人与海洋本相依

渔猎商旅未足奇

远航他洲拓交往

明朝郑和世第一

九十年后哥伦布

踏足美洲入史籍

西方探险掠财富

华人远航为友谊

海洋研究到近代

中华落后数世纪

水族研究第一馆

蔡氏子民①首奠基

积贫积弱旧中国

贤哲总为长远计

帝国称霸总赖海

海盗海军常相依

弱势民族血泪史

字字连着殖民地

民族复兴圆大梦

海洋振兴不可离

站起富起强盛起

海军海事功无比

---

① 蔡氏子民即蔡元培先生，子民为其号。

航母三艘威名扬

深潜万米创奇迹

"海底世界"遍各省

海洋科研花瑰丽

海洋大学声威壮

海洋人才潮头立

稚子有幸爱海洋

进军海洋添神力

海洋研究创大业

民族复兴扬战旗

六、参观德国总督府

智慧结晶工匠汗

技艺精湛越百年

大师卓绝游人仰

总督腐朽天地变

当时豪奢荫妻子

如今展览启后贤

庙堂频换王侯像

世代高歌赞鲁班

七、咏济南三绝

大明湖

岸边游人水中景

碧波拥荷图画中

曾巩铁铉联古今

千载明湖旺泉城

千佛山

舜耕佳话美历山

佛家慕名此传经

菩萨罗汉八方来

宗教原本为众生

趵突泉

泉因人名济南城

天下第一美誉收

康熙乾隆题书在

婉约词宗添风流

贵州都匀杉木湖

一

高楼隐绿海

山色映水中

环湖晨练人

身披朝日红

二

虫鸣破暮霭

彩柱环湖明

孤舟有诗意

游人踏歌行

七　夕

情天恨海织女念

动地感天牛郎情

天河不忍分离苦

鹊桥巧续千年盟

天上人间七夕夜

多少情话月色中

世间传奇无限事

唯有真情万古留

滇西游记

一、和顺图书馆

家国情怀

心系桑梓

中华民族精神谱系

少不了这面

飘扬千年的旗帜

功成海外

回报祖籍

从文化做起

让民族精神根植世代人心

族裔繁盛

国强民富

便有了万世根基

二、寸氏宗祠遐思

这里会告诉

寸氏的儿孙

基因怎构成

血脉从哪来

走遍五湖四海

建功五行八作

这里总有一根红线

把一颗颗心紧紧相牵

家国情怀的凝结核

克难攻坚的动力源

功成名就的出发地

魂牵梦萦的艳阳天

三、颂艾思奇

秀丽山水精灵

厚重文化底蕴

深深地渗入基因

斗争实践经验

工农生活感情

重重地铸进魂魄

挥动马克思主义的魔刃

精准地解剖社会人生

点燃梦想

照亮未来

让每一个追随者

生命的旅程

永远都会

闪耀着光彩

四、"谐和顺和"题字碑

是点赞，亦是冀望

顺和古镇万事谐和

今天的现实

明天的畅想

在谐和顺和中

共享国泰民安

天地吉祥

滇西抗战纪念馆

一、参观纪念馆

远征军　驻印军

三十四万将士拼死歼敌

六万名英烈血沃中华

二十万民工无畏支前

筑路送粮　声震华夏

陈嘉庚组织三千机工共赴国难

梁金山动员侨领捐钱捐物

修桥送货　千余机工捐躯

爱国爱乡　华侨留下佳话

腾冲　龙陵　松山　芒市……

——迎来光复

中国抗战反攻重要胜利

件件文物都是诉说者

历史补上厚重的一页

二、警钟

历史的警钟

时时都在

人们的心中敲响

勿忘日寇铁蹄

曾经蹂躏过这里的山河

勿忘千山碧翠　万岭繁花

都曾洒满烈士的鲜血

三、烈士墓

英灵埋骨小火山

是为民族精神积聚力量

一旦国家需要

民族大义

就会像

火山一样

爆发

四、烈士群像

信仰不一

旗帜各异

精忠保国的魂魄

源自同一根脉

抵御外侮

共雪国耻

英名不该被埋没

英灵自当世代恭祭

功业千秋不朽

壮志永放光芒

腾冲司莫拉佤族村

一、村史馆

历史翻开特殊的一页

浸透苦难辛劳的家什

在岁月长河里

放射出激荡心潮的光彩

民俗馆里

一个民族的生活史

为千万游客

徐徐展开

阿佤人民唱起新歌

因为山寨

有了全新的风采

二、牛雕

背负起无限责任

埋头向前

迎着千难万险

默默付出一切

偶尔一声低吼

便会

山鸣谷应

大地震颤

三、如画村景

陶令似从远处走来

几千年间

他总是在这样的画面里

为人们耕耘着

梦想　收获

一个又一个

想象中的未来

徜徉在这样的风景里

心里怎会有尘埃

心镜映照出的

只能是

祥和与宁静

淡泊与率真

四、山中小池

山上景幽

水中景幽

两个世界

相互映照

谁是庄周

谁是蝴蝶

真的难以分辨

游李白故里青莲镇

一、磨针溪

李白的追问

铁杵磨成针的故事

早早印进中国人的脑海

诗歌之巅

从磨针溪起步

持之以恒

水滴石穿

磨针溪的回音

让多少灵魂淬火

教多少成功者

留下串串坚定的履痕

二、参观李白文化博物馆

是因为太白入怀

才有旷世谪仙人

还是这里的灵山秀水

为少年李白

注入了诗魂

小镇走出的诗人

仗剑走天涯

诗誉惊四海

永远离不开

青莲的山水铸就的筋骨

青莲的风雨磨炼的魂魄

三、观诗舞剧《李白归来》

亦真亦幻

狂放飘逸

因追梦走向长安

缘梦碎遍游天下

高蹈尘世的辛夷花

怎能低眉折腰事权贵

无禁忌的诗酒中

抒写救天下的宏愿

与名士的交游中

激荡济苍生的情怀

不羁赤子李十二

摈弃官帽李翰林

诗风浩荡登极顶

千秋万代谪仙人

四、太白广场同诵《将进酒》

换李白熟悉的服饰

用大唐的音韵语调

进入诗仙的气场

驰骋诗仙的想象

跃上万丈云端

穿行历史长河

环视河海一体

日月星辰

感受千年一瞬

风云激荡

与曹植把酒言欢

笑谈七步成诗的过往

同岑勋丘生共醉

畅叙久别重逢的欢悦

忽然

自信人生二百年

会当水击三千里

毛泽东的豪气冲上九霄

生于天地间

人人独一个

风霜雨雪经得住

百花园中总添香

借得诗仙英豪气

百年旅途总轩昂

◎ 三秦曲

靖边龙州丹霞地貌

是风　是雷

是雨　是水

是势　是力

搅动着山川

摇撼着天地

把千万年日月星光

亿万万生灵哀鸣

无情地嵌入

千万里惊恐的红石　红土

揉搓　拉伸　压缩　堆积

催生千姿百态的

城堡　方柱　宝塔　林峰

叫河流脱胎换骨

给湖泊全新生命

引来八方想象

万众震惊

镌刻进历史

无限扩展的盛名

是素未谋面的造物主

永远掌控着风雨雷电的玄机

站在大自然面前

人不会强于蝼蚁

向自然索取　也必须

畏天　畏地　护天　护地

和谐共生　才能有

天朗气清

惠风万里

天下黄河一壶收

——丙申端午游壶口瀑布

曾经

你无言地接纳

叫青山绿水战栗的

电闪雷鸣

让茅屋破窑心惊的

风声雨声　还有

在无边黑夜挣扎的

无望的叹息

饥寒交迫的重压下

低沉的怒吼　以及

瘦弱脊梁上滚落的

浑黄汗水

异族铁蹄踏过的

黑红血流

你送出的却是

唤醒睡狮的号角

篇一 · 大地情

095

划破黑暗的钟鸣

承载铁骑的马嘶

催动出征的鼓声

睡狮雄起

山河抖擞

钟鸣撞心

热血沸腾

马嘶动地

万众同仇

鼓声震天

四海潮涌

号角　钟鸣　迎来东方红

马嘶　鼓声　共庆九州同

今天

你欣喜地汇聚

叫千山万水振奋的

机器轰鸣

让千里万里变样的

不歇夯声　还有

无边朝霞生发的

蓬勃生机

情思之痕

丰衣足食催动的

欢快歌声　以及

坚实腰背上流淌的

滚烫汗水

千军万马创立的

世纪潮流

你激动地送出

持续奋斗的号角

砥砺前进的钟鸣

引领和平的鸽哨

构筑和谐的鼓声

持续奋斗

日月增辉

砥砺前进

万里春风

鸽哨频起

和平勃兴

鼓声欢悦

和谐共生

号角　钟鸣　启动新征程

鸽哨　鼓声　指向寰宇同

游神木二郎山

儒释道共聚

万神圣同守

纵使二郎山千年香火

却挡不住曾经的

窟野河水患频仍

神木城生灵荣枯

钢筋铸成千里河堤

牢牢锁住妖龙

现代化的神笔

描绘出两岸

千家春色

万户升平

宝鸡游

一、谒炎帝陵

耒耜播五谷

人猿相揖别

遍尝百草味

医药此发轫

桑麻化布帛

衣裳被万民

日中以为市

交易利族群

桐琴丝作弦

五音共和谐

削木制弓矢

御敌安众心

陶艺相传习

生活多姿彩

台榭有居屋

部落飞祥云

创造难尽数

功业非一人

艰难求生存

先民共造神

南北炎帝陵

神农多分身

先贤皆应敬

何必争纷纭

二、游石鼓园

天台有石鼓

劈地造公园

移来青铜馆

历史添云烟

石刻文字祖

青铜文明源

游人能传承

复兴梦可圆

麟游纪行①

一、游九成宫

文帝初建曰仁寿

鬼火屡现心难宁

隋亡唐兴盛贞观

宫修碑立名九成

为惜民力觅清流

天赐礼泉润苍生

魏徵铭成千载誉

欧阳②楷开万世宗

二、行路难

南进县城尘蔽日

北出麟游土成云

---

① 此作写于 2014 年 10 月。
② 欧阳指唐代书法家欧阳询，其楷书被称为"唐人楷书第一"。

坑陷石挡行路苦

食泥吸灰林木恨

九成宫碑名天下

山水胜景少游人

州官县令今何处

载道怨声可听闻

情思之痕

柞水山中

一

秦岭山中

乾佑河畔

农家小院

世外桃源

林深鸟鸣

流水潺潺

碧空如洗

心旷神怡

无市井之喧嚣

无燥热之困烦

无迎送之袭扰

无功利之挂牵

面山而坐

满目滴翠

一书在手

神交圣贤

物我两忘

只慕陶潜

晨曦中

看苍山迎朝日

暮霭里

听翠鸟送夕阳

看清流

洗净一路污浊

听山风

拂去万里燥热

二

金鳟一池乐逍遥

水中天地我为王

首尾结成同心圆

成因难倒养鱼郎

情思之痕

不夜汤峪歌升平

一

风静暮云合

山寂水无波

龙凤呈祥处

清凉祛暑热

同侪画中游

太白添景色

点点灯光闪

处处有笙歌

二

星河灯海映夜空

群峰舞动七彩绸

游人驻足心神怡

少年嬉戏各从容

健儿放胆夜登山

月牙开眼笑相迎

处处浴场腾热气

声声丝竹唱太平

情
思
之
痕

为杨凌示范区编写创业史记

一

虔敬的情怀

沉重的使命

把思想带进昨天　前天

打开一扇扇记忆的大门

谛听一颗颗心脏的震颤

走向连接过去　现在　未来的

金色海滩

捡拾一块块闪光的碎片

盛满梦想的汗滴

筑成林立的高楼

飞驰的车流　蓬勃的广场

多彩的公园

陪伴着无眠的灯光

编织成丰收的愿景

美味的瓜果　现代的农业

农家的笑脸

激情似火的年华

燃烧了跋涉的艰辛

名利的羁绊

拼搏的欢唱

岁月的风烟

博大宽阔的心海

装下了探索的云雾

创新的阵痛

突破的霞光

成功的花瓣

还有前天的民房

还有昨天的农田

还有前天的思维

还有昨天的习惯

有着等待实现的梦想

有着悬在心中的期盼

有着正在绘制的蓝图

有着已经动笔的诗篇

一切的一切

都在陪伴着新的出发

都在推动着新的改变

从前天　昨天的故事中

发掘出智慧的种子

力量的源泉

摸清水中的石头

让新的跋涉者

成功地避开急流险滩

从老船工的皱纹里

找寻出不沉船的机关

让新的航程鼓满风帆

将点亮前天和昨天的火种

植入新一代建设者的心田

让青春之歌响彻云端

连缀历史闪光的碎片

给通向未来的大道

铺满金砖

二、创业史编撰即将收官

凤岗[1]晨曦映渭河

四年风霜鬓成雪

看遍太白云卷舒

杨凌圆梦有新歌

---

　　[1] 凤岗即杨凌示范区凤岗路，为西北农林科技大学校园所在地。

红色之旅断想

一、淡村习仲勋故居

农家小院

走出群众领袖

是农家生活

让勤于思索的你懂得

大地因群众而丰饶

水能载舟

群众是唯一的力量

"从群众中走出来的群众领袖"

这是东方巨人①

对你的由衷褒奖

一生扎根大地

一生与群众同呼吸　共苦乐

你为了群众

战斗一生　造福一生

————————————

　　① 东方巨人指毛泽东主席。

二、照金纪念馆

沸腾的热血

青春的年华

在这里汇聚成

自由的阳光

滚滚乌云　暴风骤雨

挡不住自由的种子

发芽　拔节　生长

在搏风斗雨中

迎来

阳光普照大地

自由的花儿

开遍山川原野

争奇斗艳

世代芬芳

三、十一道彩虹

一九三三年十月十五日

枪林弹雨中

十一位女英雄

舍生取义

薛家寨百丈悬崖边

年轻的生命

划出十一道壮丽彩虹

天地同悲

山鸣谷应

惊退豺狼虎豹

点燃万千儿女

胸中的烈火熊熊

烈火燃遍长城内外

烈火燃遍东西南北中

乌斯浑河岸

狼牙山顶

烈火相映照

英气贯长虹

彩虹刻进历史

火种世代传承

伊尹故里赞^①

伊尹故里迎朝阳

《诗经》之乡百花放

县城变作新都市

农村换掉旧模样

少年硅谷项目新

信息科技普及忙

园丁辛勤育精英

合阳明天更富强

---

① 作此诗时，作者正在合阳县调研
少年硅谷项目。

神游华山

华山险峻第一流

寰中行客争相游

当年登山半日足

如今望岳步履愁

朝阳普照社稷美

晚霞满天江山红

峰顶气象常在心

天阔地广唱白头

太白游

一、夜抵太白县城

一山飞过一山迎

远近高低各不同

车动山移绿波来

鸟鸣风清夕阳红

鳞次栉比气象新

晶莹璀璨天光明

太白县名引诗意

夜赏街景兴味浓

二、天高云淡风光好

天高云淡风光好

高城消暑人如潮

翠鸟啁啾清风中

浓荫催动遐思闹

美景千般传天外

深情万里起波涛
微信联结两地心
鹤发童颜共逍遥

三、花海游

百花怒放云雾中
山水含笑尽是情
天地翻新作诗画
岁月依旧歌自由
三国旧址典故多
秦岭谷地游人稠
世事变迁人相替
不改神州江山秀

四、大岭云海

白云滚滚来仙境
入蓝拥翠天地融
劲松伸枝笑迎客
自比黄山更多情

五、黄柏塬山水

美景从来如诗画
自然天成是上佳
色彩变幻神鬼功
乐音抑扬仙道法

六、观山中飞瀑

一瀑白髯山中来
仙人踪迹无处寻
清风过处花香溢
疑是身到南天门

02

篇二

异 | 域 | 情

◎ 三游欧洲

2013 年 10 月 5 日至 10 月 20 日第三次
赴欧洲访问。

飞机上读《林徽因诗传》

你让人间　时时都是四月天
爱的暖流滋润芳菲万里
寰宇处处春意盎然

你就是人间四月天
"太太客厅"让多少高尚的心灵震颤
生生世世守护纯洁的情　不了的缘

你重新定义人间四月天
让世界多了风华绝代　多了凄美　多了眷恋
让历史多了厚重　多了温暖

你精心打造人间四月天

用心血　用深情　用诗画

让真善美的大厦千秋万代　屹立永远

你走向永恒

却用惊世才华　滚烫激情　坚强意志

装点　丰富　圣洁着人间四月天

赫尔辛基到小镇机场途中

走不出的森林

让天地间充溢静谧　安恬

望不尽的蓝天

让想象无限放大　延伸

一束飞驰的车流

给原野镌刻上时代的烙印

斜阳西下

油画般无垠的原野

有了万千色彩

同一个世界

一样的缤纷

对美的惊叹

激起多少憧憬　多少期待

参观米兰大教堂

科学家做过论证

一座蜂巢——

设计　结构　施工

最合理　最科学

多少小小工蜂

飞忙一生

只为着蜂巢完美

何求回报

人们向来不注意过程

需要的只是结果

品咂着甜甜的蜜糖

谁想过蜂儿们的辛劳

你就是一座精美的蜂巢

每一张构图

每一个构件

每一块石料

每一尊雕像

都是智慧的珍珠

都经过血汗浸透

六百年的持续营造

多少睿智的头脑

多少强健的体魄

变成你的灵魂　你的细胞

当一代代主教

风光地登上神圣的殿堂

当一批批圣徒

无限虔诚地

在你的胸怀里默默祷告

当一群群游客在大殿里

低声细语　沉思默想

谁人心中会浮现

把你奉献给世界的辛勤建设者

蜂儿仍在筑巢

建设者们还在建设

……

篇二 · 异域情

比萨斜塔前的遐想

大漠孤烟和雄浑壮阔

亭亭玉立与婀娜袅娜

同样都是美的绽放

朝霞万丈固然意味着

蓬勃　生长　发展　茁壮

夕阳西下　残阳如血

也引来千古绝唱　万世英豪

中天烈日　一钩弯月

各领一时风骚

各催生一方奇妙

塔楼一斜

比萨从此天下名扬

华盖云集

摩肩接踵

每日拥来天南海北

多少士农工商

一抔泥土

一根枝条

有了斜塔

价值立涨

更有伽利略

一个自由落体

开创现代实验科学的先河

不是斜塔

或许工业革命

会姗姗来迟

我们今天仍在黑暗中摸索

修正塔身的举动虽属多余

却让多少聪明大脑飞速运转

大楼校正技术　造福万方

佛罗伦萨井喷

也许黑暗大陆地壳太厚

地火只能从边缘冲出

也许禁锢太久　压迫太深

开掘了出口

狂飙突进便无法止息

几个世纪热浪滚滚

锁链被冲断

樊笼被拆开

文艺复兴的曙光

从佛罗伦萨升起

照亮亚平宁半岛

照亮欧洲大陆

照亮整个世界

文学在井喷

"三杰"开启新时代

《神曲》敲响中世纪丧钟

但丁就是掘墓人

教皇被揶揄　嘲笑

平民被安排在天堂最高界

"走自己的路，让别人说去吧"

一经思想巨匠引用①

从此撞醒万千灵魂

曾经的神甫

大声疾呼

人的思想代替神的思想

彼特拉克登上文学圣台

《阿非利加》《名人列传》辉映古今

十四行诗体跻身殿堂

把权贵踩在脚下

让爱情大放异彩

《十日谈》被誉为时代宣言

薄伽丘光耀千秋万代

艺术在井喷

"三圣"装扮新时代

① 马克思在《资本论》的开篇，引用了这句出自但丁《神曲》的话。

《蒙娜丽莎》一笑时空凝

《最后的晚餐》

把邪恶与丑陋无情杖责

达·芬奇成万世宗师

引无数后来者顶礼膜拜

《大卫》让人体美跃上高峰

《创世纪》的画面和形象

礼赞人性之美

讴歌创造创新

米开朗琪罗画坛再登顶

画圣的桂冠无人代替

圣母系列统一感性与精神

人间幸福的颂歌动人心魄

《雅典学院》《西斯廷圣母》

又挺起一尊画神

拉斐尔笑傲艺史

与达·芬奇 米开朗琪罗鼎足而立

智慧和才华在井喷

新说和新作在井喷

文明和科学在井喷

名人荟萃　大家云集

思潮激荡　佳作翻新

掀开千里万里巨浪

踏平千重万重阻碍

为历史拓开一片新天地

靠思想解放笑迎未来

绝不是旧时代的延伸

新纪元的航船穿过云海

佛罗伦萨辉煌名垂青史

文艺复兴功业泽被万代

不解缘　不了情

大千世界

芸芸众生

像飘过蓝天的白云

这一刻我们相逢

一段旋律

一路同行

欧洲大陆频频响起我们的

话语　笑声

绿色原野留下我们深深的

足迹　身影

虽然是生命的一瞬

多少人此缘难求

珍惜

瞬间就可以永恒

相同目标

相同历程

为开启幸福之门

情思之痕

这一程爱作纤绳

参观座谈　家访互动

不倦的灯光夜夜陪伴着我们

梳理分析　提炼总结

勤勉的晨曦天天将我们唤醒

既然是他山之石

选择必须精益求精

勇于登攀

就会跃上高峰

相互关切

相互包容

了解在交流中深化

友谊在切磋中生成

体验共享

克难志同

青山不老　铭记海外赤子的

辛劳　真诚

绿树常青　不忘幼教同行的

执着　激情

已经成为兄弟姐妹

岂能一别永久

着意珍藏

情谊必温暖终生

情思之痕

134

◎ 印度纪行

2015年10月4日至10月10日赴印度开会。

夜抵德里

一瞬飞行

跨越多少世纪的玄想

天竺变作印度

故事却由厚变薄

若玄奘也乘飞机

吴承恩何来奇思妙想

人世间自然少了

孙悟空　猪八戒　沙和尚

泰戈尔若能再世

《吉檀迦利》该怎样吟唱

"新月""园丁""飞鸟"

必定是另一番模样

新德里大堵车

汽笛惊心

尾气难耐

钢筋丛林

挤压了所有想象

城市像负重过多的老牛

俯下庞大的身躯

大睁双眼

频喘粗气

无助地张望

金钱堆积中

才绽开的花朵

又结上厚厚的冰霜

谜一样的新德里

谜一样的新德里

现象和本质总有难以评估的距离

听得见这里的街谈巷议

众多的语言激荡交汇

看得见这里的纷繁复杂

西服　赤脚

五星酒店脚下的遍地垃圾

高看者的高看

睥睨者的睥睨

古老和现代杂糅

开放的空间里处处都有封闭

佛教文明改变东方

恒河平原的纷争却不止息

人造卫星奔向太空

蹦蹦车外挂成为城市的标记

远古和现代持续进行着交替

灿烂的文明

发达的科技

激情地相融

不断开拓着新的天地

既遮盖污垢

又让国际会议生辉

永远看不透的就是纱丽①

哦　新德里

① 纱丽是印度和孟加拉国等南亚
国家的妇女所穿的一种传统服装。

晨练见闻

一、自在的狗

哪儿都可睡

哪儿都可走

没有绳子的束缚

没有呵斥的石头

不必守家护院

不必听谁命令

到处都是家

人人是朋友

二、练瑜伽者

任乾坤颠倒

任惊疑尖叫

把上天的赐予

发挥到极致

让潜在的能量

无限释放

万念归于一

练功只为身心强壮

一招鲜赢得举世名

瑜伽风渐次走四方

三、贫民窟

豪华酒店

莲花寺旁

公园近处

数排五色破毡房

主妇忙碌家务

孩子追逐嬉笑

对立连着和谐

绿树掩映祥和

但是——

局促的空间

怎装得下家国情怀

这里需要的是

干净的饮水

充足的食物

孩子们遮羞的衣裳

全家人宽敞的住房

印度莲花寺 ①

纯洁

宁静

空灵

心中无他物

眼前无神明

不需要仪式

没有话语

只需在出水芙蓉中

沉思

默祷

洗涤魂灵

不分教派

无论贫富

巴哈伊信徒

追求的都是大同

---

① 印度莲花寺为巴哈伊教（也称大同教）的寺庙。

印度门^①前的思索

权力　权威

权利　全民

一切庄重　庄严的词汇

都可以和它们联系——

总统府　印度门

阅兵队伍从这里走过

国宾们在这里

致礼此方土地的主人

印度门更是纪念碑

火苗闪烁的长明灯

便是为国捐躯者永生的灵魂

何时起

这里已成为市场

蛇艺人此起彼伏的哨声

---

　　① 此诗中的印度门为印度首都新德里的
地标性建筑，也是新德里和旧德里的分界线。
此外，印度孟买亦有一座印度门。

小商贩无休无止的叫卖声

金钱在这里成了唯一的信仰

吃饭　穿衣自然重要

平民生计关系国运

但生存之外　毕竟还有尊严

要不要把崇高和纯洁

也同时植入人心

胡马雍陵

胡马雍

莫卧儿王朝的第二个帝王

今天只成为这里的符号

人们惊叹

印度教和伊斯兰教

两种建筑文化的精华

在这里相融互补得如此天衣无缝

和谐　美妙

哪里的帝王

都期望永享权力和财富

费尽心思

总要为自己的

另一个世界

建造豪华与荣光

设计师和劳工

用血汗

让精美的建筑

充溢着智慧和梦想

默言的文化

留给后人

永无际涯的景仰

假若帝王们知道

今天的这里

只是一处风景

是否会有当初投入的

巨额金银财宝

万千大师工匠

圣雄甘地

剃光头　裸上身

一根手杖

一架纺车

伴随着瘦骨嶙峋的身躯

走遍印度的城市乡村

抵制殖民者的商品

引领民众发动"食盐进军"

数次绝食

数次被监禁

孱弱的身体挺起民族腰杆

闪光的思想凝聚千万人心

"非暴力不合作"运动终获胜利

独立的阳光照亮印度之门

甘地的武库中

走出南非曼德拉

美国马丁·路德·金

印度自由的建筑师

争取解放的引路人

世界各地甘地的雕塑、肖像

把微笑送给每一个人

只谋私者必然速朽

为民众者与世同在

泰姬陵的传说

比大理石更坚实的
是沙贾汗的忠心
比泰姬陵更永恒的
是爱情的传说

王子沙贾汗集市闲逛
爱情之箭突然射中他的胸膛
美丽聪慧　多才多艺的姑娘
阿姬曼·芭奴让他魂魄出窍
他为姑娘的美貌倾倒
阿姬曼终于成为他的新娘

他把阿姬曼唤作"泰吉·马哈尔"
"宫廷中的皇冠"就是他的新娘
从此他和泰吉形影不离
一起上朝议事
一起搏击沙场
泰吉为国王生下十四个孩子

三十九岁玉殒香消

沙贾汗一夜白头

思念的忧愁再没有离开过他的眉梢

为实现泰吉临终的嘱托

他要让世间最美的陵墓

坐落在亚穆纳河旁

请来中东和全国

最好的建筑师与工匠

用上最好的大理石

还有中国的宝石

阿拉伯的珊瑚

也门的玛瑙

洁白象征爱情的纯洁

宝石就是爱情永远的光

两万人二十二年辛勤劳作

沙贾汗终于为爱妻

写下一段旷世无双的

瑰丽绝响

倾全国之力建陵

必造成国库空虚

王朝衰落

他和泰吉的第三个儿子

弑兄杀弟　当上国王

沙贾汗被囚于不远的红堡

只能透过小窗

每天遥望他永远的新娘

郁郁九年

魂魄终归泰吉的身旁

也有传说

沙贾汗凶残暴虐

泰姬陵血汗垒成

冤魂游走

野鬼歌唱

但是——

建筑瑰宝让世代倾倒

哀怨缠绵的爱情神话

虽光阴轮回

却跨越时空

不断为泰姬陵增色

印度农村印象

一样的土地

一样的绿色

一样的汗水

一样的辛劳

黝黑的皮肤

在阳光下愈发闪亮

多彩的纱丽

映照着别样的梦想

驴车　马车　牛车

架子车　三轮车

豪华轿车

拖拉机摇摇摆摆

越野车不急不躁

时有驴　马　牛　猪　羊

公路上闲逛

偶见群猴嬉戏

屋顶　电杆任飞跃

一幅多色调的画卷

一曲多声部的交响

原生态与现代化

并行不悖

咖喱味与奶油香

交相融合

是放任鲜花杂草

自由生长

以欣赏世界的丰富多样

还是锄掉杂草

让鲜花孤独地开放

叫纯洁的空间兀自骄傲

是在空旷的场院

自由地跳舞

还是去富丽堂皇的会场

听权势者的报告

什么该舍弃

哪些应珍藏

贾玛清真寺

贾玛清真寺

竟然也是

沙贾汗的杰作

恢宏精美的建筑

耗费了

莫卧儿王国

多少民脂民膏

为着神圣的信仰

总难说清

算账是对　还是错

"顺从""和平"

伊斯兰教的精髓

创造了多少辉煌

德里红堡

五百年风霜

磨蚀不掉

写满德里红堡的

莫卧儿王国曾经的强盛

沙贾汗国王曾经的豪奢

英国殖民者在这里留下弹痕

印度独立的钟声在这里敲响

工匠们正在搭建讲台

莫迪总理将在这里发表演讲

四方游客络绎不绝

国王的御座

也只是相机中的景物

红堡邂逅小学生

眼前突然一片阳光

花儿绽放

翠鸟鸣唱

晨露滴在心上

世界温馨又清爽

和孩子们在一起

时间就一直停在清早

哪里有孩子们的笑声

哪里就有无限的希望

顺访新德里一小学

这是雏鹰练翅的地方
给座庭院
它只会围着灶台
啾啾鸣叫
放飞原野
它就能学会振翅高飞
直冲云霄

不做实验
怎知道大自然的奇妙
没有电脑
怎懂得世界已成一张网
网上的世界更宽广

学步的脚印踩扎实
一生就不会迷失方向

再见　印度

新旧德里繁忙的街道

恒河平原千万里绿色

宏伟的阿克萨达姆神庙

泰姬陵美丽的传说

导游详尽的诠释

出租车司机细心的关照

还有——

每餐多种多样的咖喱

多彩的纱丽

无数次从眼前飘过

一切的一切

渐次汇入记忆的海洋

发酵　生长

给精神增添调料

增添着营养

都经历着文明与落后的博弈

都面临着发展和平等的困扰

放下猜忌

放弃对抗

龙与象应当在

相互包容

相互欣赏中

共享

天朗气清

鸟语花香

◎ 越南、柬埔寨纪行

2016 年 7 月 16 日至 23 日，赴越南、柬埔寨旅游。

胡志明市法式建筑

巴黎贵族的野心

拿破仑后裔的梦想

嵌入红色的花岗岩

铸进每一块红砖的毛囊

和着殖民狂潮的阴风

从法兰西袭侵

裹几重海盗的腥臊

从湄公河入海口　涌进

填平一个个宁静的村庄

土著人黑红的血

黄色的汗　做最好的黏合剂

筑起一座座

富丽堂皇的宫殿

庄严肃穆的教堂

最美好的词语写入经卷

最动听的乐章谱成圣歌

只有先进民族做主

土著们才能有好的生活

给殖民者当牛做马

本是上帝的主张

宽容　忍耐就能得到好报

服从　认命才是最好的品格

有坚船利炮就能开疆拓土

能俘获民心　才能让

欧陆风情的宫殿　教堂

永远响彻

大法兰西的颂歌

是胡志明的傲骨

挺起了民族脊梁

几十年椰林怒火

把殖民者的阴魂

送上九霄

让侵略者的美梦

化作一枕黄粱

改天换地的怒涛　洗涤了

一切旧时的秽气　污浊

霎时的异域风光

太阳下谱写着新的篇章

在艳羡的目光里

还有多少对历史的追问

落后就要被压迫

血泪凝成的祖训

已经被多少人

永远遗忘

毁灭与生命的力量

——游柬埔寨崩密列

这里　可以看到

毁灭之神的心肠多么冷酷

任多少奇思妙想

任多少精雕细琢

任多么虔诚祷告

任多么庄严恢宏

眼不眨　心不跳

动用魔鬼之力

推倒建筑

打碎梦想

让它变为

荒山乱石　遍地萧索

阴风凄凄　鬼魅唱歌

生命不可选择环境

毁灭即刻变换为生长

不怕土薄

不惧石挡

种子的力量不可估量

大树从断垣残壁中长出

蓬勃的生机

在长长的岁月里

滋生　成长

设计计算不周

黏合米浆太少

风摧雨蚀

洪水浸泡

石块错位

基础动摇

宏伟的大殿歪斜　垮塌

高耸的围墙裂缝　倾倒

残垣断壁

遍地悲凉

牢牢抓紧周边石块

拼命向下伸出臂膀

突破重重阻碍

挤开道道遮挡

把每一条根须

都扎到大地深处

汇聚八方营养

让躯干不断向上

送枝叶　笑迎阳光

让生命的动能持续蓄积

叫生长的动力

永远充盈

恒久劲强

不是一棵两棵

寺院变成树的天堂

在一片废墟中

唱响赞歌

绿叶片片闪烁希望

根须处处展现力量

生机盎然

蓬勃生长

毁灭应该被诅咒

因为它扼杀了美好

毁灭又应该庆幸

因为它孕育了

新的希望

只要遵从生命本能

不畏险阻

不屈不挠

就会走过风雨

迎来灿烂的阳光

澜沧江　湄公河

——游湄公河

你从青藏高原来

豪迈的基因

给了你

冲决一道道

高山峭壁的

勇气

千万年的奔腾

造就你

百折不回的

毅力

坚强不屈的

品格

路虽不平

你却决不回头

奋勇突破

你毫不胆怯

澜沧江——

你的名称

就是你的性格

你从中南半岛走过

温润的暖风

让铁汉有了柔肠

你敞开胸怀

迎接万条小溪

你放开视野

接纳千条大河

你滋润万里原野

让贫瘠变成丰饶

你哺育千家百姓

叫穷困化作富裕

你变身九条巨龙

汇入祖先的南海

湄公河啊　你懂得

最温暖的

还是母亲的心窝

南海有了你

多了坚定　坚强

来了豺狼

我们毫不犹豫地

举起猎枪

南海因为你

多了包容　开放

来自各地的朋友

我们都会捧出美酒

共话友谊绵长

澜沧江啊　湄公河啊

你走到哪里

都不会丢掉

青藏高原的印记

你经历过多少

祖国都会

在你的心上

吴哥窟纪游

一、印度教神猴故事

四张脸　八只手

风神之子的神猴哈奴曼

腾云驾雾　变幻无穷

一手擎山　一步跨海

把太阳抓在手中

为天地冥三界扶正驱邪

除妖灭怪　善恶分明

从喜马拉雅山盗来仙草

引火烧毁魔王的楞伽城

解救罗摩王子之妻悉多

救治受伤的众弟兄

哈奴曼立下累累战功

罗摩赐他长生不老

人们世代赞颂神猴义勇

《西游记》　印度教

哈奴曼　孙悟空

是有着千丝万缕的联系

还是完全隔绝于不同的时空

专家们争论不休

但只有不同文化的相互碰撞　相互借鉴

才能不断推动

人类共有的文明

发展

二、毁灭舞蹈

美女舞蹈太过妖娆

争宠常致战火燃烧

善良让美女于心不忍

向毁灭　再生之神祷告

让美丽飞走

换上丑陋的容貌

美好的故事感动世人

刻石铭记代代传说

三、东方蒙娜丽莎

你的身姿

让法国发掘者惊叹

征服了蓝眼珠

东方蒙娜丽莎的美名

写入历史

誉满人寰

四、女王宫远眺

聚集了日月精华

融汇了多方文化

奉上一段全景式历史

人们在影像中

不断解读

千百年的风华

圣剑寺

一、骨灰塔

国王为先王建起陵墓

蓝图定是心中天堂

请来各路神仙

来世还应统治万方

灵魂从这里步入天堂

战争的风云

给坚石送来绿苔

也给灵魂

送来营养

二、四方通道

为百姓瞻仰先王

寺内修起四方通道

国王至高无上

觐见者只能

不断压低身躯

再把灵魂

缩小又缩小

洞萨里湖

一、"晕地"

淡水湖稳坐世界次席

浑黄水映照天蓝云白

水上人家以船为生

全不顾上岸的诸多福利

靠水吃水已成本能

应对官家的托词就是"晕地"

二、助船童工

黑瘦　沉稳

灵巧　机敏

船上往来跳跃

拴解缆绳

把船撑开

偷闲帮人推拿

靠劳动赚点外快

十三岁学童

早上坐在学堂

下午扛起生活的重担

是在享受童年的乐趣

还是在分担家长的无奈

三、水中船坞

船坞变身售卖场

蟒蛇　鳄鱼听凭人的差遣

金钱收买着笑脸

良心在时隐时现中

拘谨　慌张

暹粒农村景象

蓝天白云　绿树红墙

牛羊尽享着悠闲

高脚屋防蛇防潮

风景如诗如画

田园牧歌清韵悠扬

可惜看不到精耕细作

听不到机器轰响

人们拥挤在

贫困线上

年复一年

淘洗着岁月

吴哥游的思索

宗教　贫困

柬埔寨生活的底色

处处佛龛

处处香火

挤压着心灵

滞塞着春潮

原野广袤

土壤肥沃

有科技圣火引入

财富的奔涌

一定不可阻挡

贫困　或许也是资源

后发优势难以估量

越南下龙湾——海上桂林

亿万年的构图

亿万年的调色

亿万年的层次调整

亿万年的反复对焦

才会有如此无与伦比的美景

才会有如此摄人魂魄的彩照

无所不能的大自然

永远都在

导引着摄影师的目光

催动着美术师的心跳

你是海上桂林山水

它是陆上下龙湾镜像

天堂岛的传说

不是因为

加加林在天上

发现了这座小岛

而是因为

小岛的景色赛过天堂

胡志明才请他

到此观光

这里还有周总理的脚印

天堂岛的名称

据说就是

总理由衷的赞赏

◎ 三游美国纪行

2017 年 5 月 23 日至 6 月 9 日，第三次
赴美，随团旅游。

夏威夷印象

一、谒张学良墓

人们在这里

阅读历史

垂首致敬

读懂历史的人

都会把碑文

刻在心中

你的名字辉映西安事变的历史

你的人生融入民族复兴的理想

你带走百年风华

你留下万代英名

二、夏威夷诺丽果

先结果后开花

夏威夷原住民

因为你

在甘美中享受健康

或许

颠倒常规

才能有

比常识更惊喜的

收获

三、夏威夷红菠萝

夏威夷

造物主对你

总是特别眷顾

哪怕是把自己的鲜血

交给你的菠萝

也要让你

与众不同

四、可可果

你的皱褶里

藏了多少风雨

多少成长的煎熬

你把幸福和香甜

全都留在了心里

品咂香甜

享受幸福的人

谁还记得

你藏满成长苦痛的

永远的皱褶

五、咖啡豆

把所有的美景

所有的天地精华

都融入绿色

收入果中

直到绿色

浓得发黑

浓得发苦

才让渗入绿中的

美景　精华

放出香

放出甜

让人们在香甜中

细细地

把幸福品咂

六、彩虹树

你是阳光的恋人

你是海水的恋人

你们的每次亲吻

都留下

永不褪色的

七彩印痕

七、上钩的鱼

挡不住诱惑

就只能交出生命

若当初稍作忍耐

今天就仍在

无垠的大海里

愉快地

游弋

八、珍珠港

昨天

天崩地裂

今天

蓝天白云

生命和自然总在

循环往复中

发展

演进

昨天对峙者的子孙

今天握手纪念台

遥远的神社里

仍游荡着

当年魔鬼的阴魂

何时会重现当年

海底的幽灵

一定会

不断发问

九、潜艇

把时空

压缩到极限

包裹着黑暗　死寂

下沉

行进

盯住

每一瞬电光

捕捉

每一赫波频

抢抓

最好的时机

送上

断喉的一刀

或刺破浓雾

迎接光明

或止住妖风

让世界少一群

祸害人的

妖魔鬼怪

十、夏威夷州州花——鸡蛋花

白裹紧了黄

新的生命

备好了孕床

美女把它戴在左边

意味着

新的生命

可能诞生

或者

已经茁壮成长

如果戴在右边

生命之根

就会被掐断

不再为新的生命歌唱

如果它真能决定

生命的延续

人们就一定会

为抢夺它而疯狂

它也就一定会

无处躲藏

科罗拉多大峡谷

科罗拉多大峡谷
每每读到你
想象的总是
寂静　辽远
深邃　幽长
怪石嶙峋
古老苍凉
一湾过处
西部牛仔信马由缰
一声长哨——
峡谷处处千万遍回荡

何曾想到
你竟是这般模样——

神奇的光
变换着手法
一刻不停地
为——
每一颗沙粒

每一片树叶

每一座高山

每一层岩石

变换着不同的颜色

深浅无数层次

浓淡千般景象

一簇簇七彩游人

装点着

每一段崖畔

每一座高峰

一声声赞叹惊叫

丰富着游人的

心态心境

情趣情调

更有

微微的晨曦

柔柔的夕阳

给这一世界

披上梦一般的盛装

画家到此只能搁笔

诗人即景难以吟唱

马蹄湾

是天马

要在这里留下印记

于是

群山避让

河水绕行

历史写下厚厚的一页

人们的心中

刻下永远的

记忆

羚羊峡

一定是天公醉酒

在这里

把山川河流

随意搅动

造就这

千古罕有之奇观

万里难寻之美景

印第安人的叉角羚羊

在这里

觅得生路

给人间引来

光影千变万化的

百丈悬崖

山势幽深奇特的

美丽峡谷

一架架天梯

把好奇的人们

一拨拨送进

一段段的

一线天中

羚羊峡每天都

人头攒动

人声鼎沸

"羚羊"走遍世界

定格万千画中

锡安公园棋盘山

人神同源

天人也喜娱乐

山坡作棋盘

羚羊是棋子

你瞧

羚羊在走

一定是天神

捉对运筹

日光正好

棋兴正浓

布莱斯峡谷国家公园

这里
一定是
天宫的镜像
你看——
壮阔的城阙
巍峨的华表
宏伟的大殿
威严的王座
文臣武将赫然肃立
各国使节仪表堂堂
禁卫军分列宫墙内外
殿阶处处侍臣宫娥

这里
一定在
举办着盛典
你看——
珍馐美馔布满大殿

金杯银盅晶莹闪亮

乐手神态万千

天使翩翩起舞

身姿飞旋

仪态曼妙

不信

静夜来听

一定是

丝竹声声

钟鼓阵阵

诗书唱和

人语喧喧

山呼谷应喜乐地

八音翻奏不夜天

黄石公园游

一、豆浆池边凝思

一生中

多少幻想

在文火熬煮中

慢慢升温

渐渐膨胀

膨胀

膨胀

再膨胀

无论思维的汁液

再怎样黏稠

终究抵不住

现实的蒸汽

乍然地撑破

气泡的一次次破灭

锤炼了智慧

引生命不断走出

新的道路

二、老忠实泉

年复一年

日复一日

只要你愿意守候

它总会忠实向你报到

给你的画卷里

公平地添上

一阵阵

冲天水柱

让你的梦境

多一分

焦急的等待

轰然的释放

不论语言

不论肤色

童叟无欺

贫富一样

三、大棱镜

不同角度

就有不同图景

哪怕相隔

千分之一秒

色彩　色调也完全不同

这里是上帝的调色盘

调整浓淡

搭配颜色

给自然

描绘五光十色的画卷

给人类

涂抹千姿百态的生命

华盛顿越战纪念碑

用五万七千个姓名

给大地刻上

一道

永久的

长长的

伤痕

让人们心中泛起

阵阵涟漪

在对越战历史的

不断追问中

人们的思考

不断走向深沉

该纪念什么

该汲取的

是经验

还是教训

二十一岁的林璎

完成这个作业时

她把人们心中

另一座纪念碑

也增高了金闪闪的一段

那座碑

也用人名筑成

林觉民　林长民　梁思成　林徽因

碑上闪烁着

人民英雄纪念碑的光芒

车窗即景

从西到东
从南到北
飞驰的车窗
总被绿色装饰着

雪山映照着绿
群峰簇拥着绿
碧水亲吻着绿
小鸟鸣叫着绿
微风拂动着绿
红花映衬着绿
铺满大地的绿
高耸入云的绿
就是在戈壁　荒漠
也总会飞来
一片片绿
一丛丛绿

喷淋设备呵护着绿

辛勤园丁装扮着绿

川流不息中

压低了声响

不敢惊醒

绿色的梦

淘气的孩子

围着绿

绕着绿

欢笑着

蹦跳着

总想叫醒

沉睡的绿

有绿色就有蓝天白云

有绿色就有五谷丰登

有绿色就有繁花似锦

有绿色就有生命的灵动

绿色总与和平相连

绿色总会带来

安谧　幸福和宁静

愿我们的生活

也能有

更多更多的绿

让我们

用自己的双手

更多地

播种绿

呵护绿

保卫绿

尼亚加拉大瀑布

一切声音都被覆盖

世界屏住了呼吸

任你像

巨虎在深山峡谷

长啸　怒吼

沉雷在无边原野

炸响　滚动

一切声场

一切空腔

都为你奉上

供你混响

供你共鸣

在这里

没有丝竹声声

翠鸟啁啾

有的只是

雄浑　壮阔

深沉　厚重

有的只是

穿透历史

直入魂魄的

震撼

感动

所有目光都被吸引

每一双眼睛

都跳动着你的身影

由远及近

从左到右

移动分毫

画面全然不同

冰帘百丈放寒气

雨雾千重蔽天穹

小鸟出没云水间

水幕映出七彩虹

岸边船中相远眺

游人如织

影影绰绰

千万个角度

千万种构图

印在千万人心底

飞向四海五洲

在大自然面前

人类只能毕恭毕敬

敬畏　敬慕

保卫　呵护

当然能做主人

但一定先要

做仆人

做卫士

做学生

03

· 篇三 ·

教｜育｜情

教孩子们学诗

跟着李白

去体验高山的巍峨

追随王维

去感悟大河的壮阔

听郭沫若的凤凰

涅槃时怎样长鸣

看冰心的纸船

漂向何方

一粒沙里

怎样看出一个世界

星星们的私密话

怎样才能听懂

面朝大海

为什么会有春暖花开

歌唱土地

为什么眼睛常含泪水

给孩子一双诗人的眼睛

他们的天地将无限广阔

给孩子一颗诗人的心灵

他们的人生会无比丰盈

情思之痕

养成好习惯

好的习惯是什么

是每天早上洗脸　刷牙　整衣

是每次认真地吃掉最后一粒米

是果皮纸屑一定扔进垃圾桶

是公共场所绝不喧哗嬉戏

是得人帮助不忘说声"谢谢"

是打扰了别人总会说声"对不起"

是公交车站两个人也坚持排队

是好吃好玩总记得"孔融让梨"

是每天都强身健体

是空闲时读书学习

因为好的习惯

我们总是神采奕奕

因为好的习惯

我们从不铺张浪费

因为好的习惯

我们的世界阳光明媚

因为好的习惯

我们的周围和谐文明

因为好的习惯

人与人多了互助和包容

因为好的习惯

生活减少了矛盾和冲突

因为好的习惯

我们总有真挚的友谊

因为好的习惯

我们在反思中走向真理

因为好的习惯

我们经得起风打浪击

因为好的习惯

我们永远有着进步的动力

我们深知

好习惯构筑人格国格

我们懂得

好习惯促成国富民强

我们明白

好习惯守护蓝天碧水

我们知道

好习惯会让文明增色

我们理解

好习惯提升精神境界

我们看到

好习惯密切你我关系

花儿离不开光的照耀

水的润泽

习惯要靠上一辈习惯的引领

哺育

爸爸妈妈遇红灯停住脚步

孩子过马路就会小心翼翼

老师随手捡起纸屑果皮

学生就不会乱扔垃圾

习惯养成在榜样的示范里

习惯养成在赞赏的目光里

习惯养成在每天的叮嘱里

习惯养成在时时的提醒里

习惯养成也需要批评推动

习惯养成也需要教育刺激

习惯养成更需要时时问自己

要在心里架起一杆道德的秤

镌刻下不断进步的标记

让我们的习惯文明吧

从纠正"中国式过马路"做起

让红灯向我们的自尊致礼

让我们的习惯高尚吧

从珍惜每一滴水做起

让泰山为我们举起自豪的大旗

习惯祖先的习惯吧

"己所不欲，勿施于人"

我们要从每一件小事做起

践行这流传千古的做人准则

习惯理想的习惯吧

我们要燃起信念之火

把爱国　敬业　诚信　友善融化在血液里

我们坚信

我们能提升人格国格

开创未来　传承国脉

为着中国梦变成现实

情思之痕

我们要从优化习惯做起

要让优良的民族习惯

成为实现中国梦的强大动力

会后静思 ①

会议渐次落下帷幕

思想的潮汐却不会一下子退去

在汇聚　集纳　分析和比较中

得出自己的结论

在曲折　回旋　蜿蜒和崎岖中

走出自己的道路

同一种思想可以有不同的诠释

不同的思想可以有相同的追求

同一种情绪可以有不同的感受

不同的情感可以有相同的归宿

再美妙的理论　没有实践磨砺都只能流于空谈

再艰难的实践　有理性的思考就能迎来光明

火焰和海水永远并存于世

逆风与顺风总是相伴而行

在沉静的思考中探寻真理之光

在不懈的求索中呼唤心中彩虹

---

① 此作为2013年6月参加中国学前教育论坛后的感悟。

瑞吉欧教育哲学

"瑞吉欧"为意大利佛罗伦萨市瑞吉欧镇的一个学前教育机构，管理数十个幼儿园。其独特的幼儿教育理念与实践在全球产生广泛影响，2013年笔者曾前往考察。

一、苗圃理论

我们工作的一切

为了培育幼苗

浇水施肥　引来阳光

遮风挡雨　赶走侵扰

让每棵小苗都欢快歌唱

让每株嫩芽都沐浴阳光

让每朵小花都尽情绽放

每时每刻都跃动生长

相信幸福的成长一定伴有

文明的拔节

智慧的增长

小苗能不能长成大树

小花能不能结出硕果

要看它们是被移栽到林间

还是被放逐到沙漠

二、"孩子中心"理念

走进孩子的世界

沿着兴趣的方向

一路陪伴

一路寻觅

一路支持

一路欣赏无尽的风光

孩子自有孩子的思想

给孩子足够的空间

让他们在不断尝试

反复摔打中

学会迈步

学会快跑

孩子自有孩子的逻辑

太阳可以是绿色

小汽车一直开上月球

放手让孩子无限想象

明天的世界将无比美好

不刻意预设

只专注记录孩子的成长

不断展示孩子的创造

在孩子的成长中收获进步

在孩子的快乐中体味生活

三、"第三老师"学说

让墙壁展示美术

让花草诠释哲学

让书声谱写乐曲

让教室解读科学

让孩子走进社区　学习社会

让家长走进教室　共育花朵

环境是第三位老师

环境靠各方共同创造

四、隐性课程思想

不挡住孩子的光芒

却时时都在现场

和孩子一起设计项目

为孩子投放游戏材料

邀来士　农　工　商关心孩子

吸引社会各方支持捧场

让他方下脚料变成孩子手中魔杖

点石成金　变废为宝

精彩纷呈　各显奇妙

让生活处处成为课堂

让孩子时时学会成长

五、合作文化

没有锱铢必较的考核

没有奖勤罚懒的教条

没有上下尊卑的困扰

没有人有资格随意评价别人

领导也是平等的合作者

一切为着孩子的成长

平等交流　持续研讨

重在和孩子一起回味过程

在回顾梳理中

体验进步　收获成果

心中只有孩子

自会少了诸多纷扰

六、保护孩子原则

有孩子的地方

谢绝照相

有拍摄动作

必检查相机

把孩子的画面删掉

参加孩子活动

请征询家长的意见

一位家长摇头

动议必然撤销

孩子心智未开

无法判别是善意还是侵扰

大人有责任在孩子身旁

筑起无形的墙

挤公交

想上的
总往进挤
哪怕一脚悬空

挤进的
要车快走
总想多点轻松

想得到
多大风险也要争
得到手
竞争设卡成本能

观看青奥会 ^① 开幕式直播

光的梦

电的梦

色彩的梦

音乐的梦

在翻飞中

激荡交融

在撞击中

传承新生

梦从历史深处走来

千年风云给你厚重

青铜器打开混沌

方块字书写文明

丝绸之路走出新境界

郑和船队拓展新视野

① 青奥会指 2014 年在南京举办的青年
奥林匹克运动会,有 204 个国家的运动员参赛。

一路雄浑壮阔

唱尽万古风流

梦从春的心中升起

沸腾热血让你激动

复兴路引领方向

中华魂强筋壮骨

灿烂文化书写新篇章

时代精神开启新航程

一路创新　创造

成就伟业千秋

梦向未来走去

美丽的画卷引你前行

大自然总是慷慨

人世间盼望和平

科学方舟载来新生活

文明之花喜迎新大同

一路披荆斩棘

万方凯歌高奏

中国梦

世界梦

多彩的梦

辉煌的梦

在交流交融中

走出新路

在互学互鉴中

描绘新图

情思之痕

参加全国金钟奖合唱大赛有感 [①]

一

把历史的解读打造成音程

把英雄的风骨熔铸成旋律

把曲折的足迹幻化成节奏

把坚定的信念谱写成音符

用景仰打开激情的歌喉

用赤诚叩响豪迈的共鸣

高歌——

丝路追梦　李白斗酒

大江东去　娄山旗红

五星照耀　孕育生灵

黄钟大吕　天地和声

[①] 2014 年 8 月下旬，随成立一年的陕西佳音合唱团，代表陕西省音乐家协会，赴苏州参加中国音乐家协会举办的金钟奖合唱大赛，从全国各地 85 个优秀合唱团中脱颖而出，荣获优秀奖。

时空穿越　千载风流

把和平的期盼编织成混声
把幸福的向往描绘成表情
把安宁的追求演绎成调性
把恬静的咏叹升华成伴奏
用和谐引领多彩的声部
用吉祥协调精巧的结构
唱响——
陶潜隐逸　游子多愁
羊角花开　茉莉香浓
青藏壮美　小河清流
洞箫牧笛　山川情稠
万古画卷　神州纵横

二

弄斧班门眼界新
毕竟勇闯英雄林
八五扣关我奏凯
搏虎雏犊足精神

精钢总须百炼身

幸有铁骨铸胸襟

旗引平民催众芳

佳音回荡暖三秦

海子祭

你用叩问面对世界

九千多个日夜

不断叩问

叩问自然　叩问宇宙

叩问天地　叩问苍生

叩问心灵　叩问爱情

在不停歇地叩问中

劈开荆棘

走出新路

攀缘悬崖

跃上高峰

山海关惊天一别

并非叩问终结

更多的叩问

在更广阔的大地上

不停歇地萌动新生

你用智慧诠释世界

尼采的大脑

凡·高的画笔

解读自然　解读宇宙

解读天地　解读苍生

解读心灵　解读爱情

谜团骤解

浓雾散尽

阳光阴影

白黑分明

每年三月二十六

智慧都会再爆发

蓝图都会再展开

生命在解读中永恒

世界因解读而精彩

你用梦想建构世界

哲理与诗意的经纬

二百万跃动的元素

锻铸成动人魂魄的

梦的自然　梦的宇宙

梦的天地　梦的苍生

梦的心灵　梦的爱情

涤荡历史

丰富经历

升华生命

拓展时空

梦的骏马于电闪雷鸣中驰骋

驭者的辉光仍在

引领万马奔腾

开疆拓土

播种耕耘

情思之痕

工农兵学员亦风流

"大学还是要办的"

巨人惊醒后的一句话

让多少人热血沸腾

早被浇灭的

登攀知识圣殿的梦之火

重又燃起

烈焰熊熊

山村小学育花人

隆隆厂房电焊工

战天斗地英雄汉

屯垦戍边神枪手

从书记郑重的目光中

激动地接过

大学报到证

群众口碑是杆秤

报到证就是——

"接受再教育"的合格证

"可以教育好的子女"

给巨石下向往阳光的小草

掘开向上生长的一条缝

贪恋墨香

钟情铃声

学海书山

苦渡勤登

不在田间

依然披星戴月

不流血汗

拼得全身力量

探究原子电子

放眼四海五洲

仰仗园丁肩膀

借得同窗提醒

解开心中疑团

跃上智慧高峰

三载岁月收获丰

胸添诗书胆气宏

走过风雨

自然懂得

生活不全彩虹路

群众信任是靠山

人生应做孺子牛

循着民众意愿走

知识之灯领航程

挑灯夜读成习惯

走出"必然"争"自由"

急难险重挑大梁

披荆斩棘做尖兵

"螺丝钉"精神处处见

成功之路满神州

头上一顶"大普"帽

贡献首看"工农兵"

事业线上无闲差

壮志未酬鬓已秋

退休生活开新篇

含饴弄孙乐悠悠

家国情怀色不褪

胸中自有八面风

闲来同侪相聚首

纵论天下话题稠

多向比较常知足

甘为和谐献余热

传承优秀文化

紧随时代潮流

历史造就这一辈

巨擘引领世界

群星遍步寰中

自信丹青留佳话

"工农兵学员"亦风流

一切为了孩子

——新时代幼儿教师之歌

孩子的世界最广阔

天上地下任其行

孩子的心灵最纯真

花鸟虫鱼是朋友

孩子的眼睛最好奇

天蓝树绿问究竟

孩子的手儿最勤快

玩遍新奇乐不停

最愿分享孩子梦

伴着孩子游苍穹

最想孩子心如镜

香花毒草分得清

最喜孩子探谜底

世间万物问不停

最爱和孩子同游戏

快快乐乐长智能

孩子成长千百问

夜夜灯下寻依据

一个孩子一世界

勤察细研知心性

每日活动巧安排

个个孩子笑盈盈

幼苗拔节声细细

春风拂面暖融融

情思之痕

幼儿园课程建设歌

幼儿园要声誉好

课程建设最重要

一切活动皆课程

时时处处是课堂

万丈高楼平地起

全员学习不可忘

长期坚持勿松懈

理念底子必筑牢

美好前程靠定向

规划方案来领航

专家员工同努力

蓝图绘就喜洋洋

墙壁地板会说话

楼梯楼道画梦想

环境就是教科书

每逢开学变新样

园所应是小世界
雏鹰在此练翅膀
区域活动常翻新
室内室外乐陶陶

砂石纸片螺丝帽
幼儿园里无废料
制作购买多条道
资源库里永丰饶

课程目标在彼岸
教师德能是金桥
园内研训专家领
团队实力造英豪

儿童发展靠课程
园所荣衰在此条
不断跃上新台阶
千家万户歌如潮

丰谷颂

没有几粒谷子

却抬起骄傲的头

是在卖弄自己的思想

是在炫耀自己的俊秀

对朋友的致意

不屑一顾

活在自己的世界里

自以为

只要高人一头

必会引来无数眼球

已经果实丰硕

却低下谦恭的头

是在向滚烫的汗水致谢

是在向辛劳的蜂儿致敬

哪怕是微风拂过

也要频频额首

她明白

只有融入大众

才会有生命的永恒

江浙沪学习考察纪行

为借鉴先进省市幼儿园课程建设经验，2018年9月17日至21日，组织学习考察团赴江浙沪三地学习考察。

一、观摩学前教育课程建设

学前教育提质量

课程建设是根本

《规程》《指南》①明方向

理论务求功底深

前行探路积成败

实践经验可依循

东南三地起步早

媒体时时传佳音

同是课改追梦人

相逢何必曾相识

---

① 《规程》指《幼儿园工作规程》，《指南》指《3—6岁儿童学习发展指南》。

卅人取经江浙沪

日访夜议探究勤

课件美篇记心得

反思谋划学精神

五天行程收获丰

借鉴常可校指针

群峰观遍眼界宽

高处起步气象新

二、参观上海市宛南实验幼儿园

宛南课程重生活

环环相扣无间隔

环境展示生活美

健康安全第一则

探究发现长智慧

集体交往享快乐

室内处处小故事

童画实物把话说

日常生活进教育

废物利用趣味多

定期走向大社会
参观消防走菜场
公园游览好写生
角角落落皆课堂
时时处处见成长
五大领域尽相融
全面发展乐陶陶

三、徐则民教研员介绍上海经验

幼教课改三十年
上海经验四海传
名师解读动声色
闻者悟道尽开颜
和谐发展为目标
整合开放显特点
活动体验抓实施
民主管理永无边
发展评价杠杆起
整改完善齐争先
生活运动是基础

游戏学习亦关键

四类课程内涵丰

全面体现儿童观

体制政策政府定

专业引领靠教研

学术活动两手抓

合力共闯质量关

队伍建设做根基

培训研究不间断

能力提升捷报多

儿童发展花满园

时代催生新目标

幼教公平启新端

托底引领同进步

学前明朝花更妍

四、观摩应彩云示范课

考察热点本溪路

访客多奔应彩云

全国名师誉多年

"师德楷模"称号新

幼儿教育总探路

儿童语言最熟稔

声情并茂童趣多

八方幼童觉亲切

《天生一对》绘本课

导入配对孩子猜

形质异同几组画

巧领孩子两两寻

配对成功孩子乐

分类规律自在怀

长颈鹿和小鳄鱼

"天生一对"无疑问

引导孩子说理由

准确精练要遵循

适时抛出关键问

孩子思维层层深

教育贵在活思维

知情意行思维引

课末留白给孩子

助其观察家中人

智商情商皆兼顾

家庭教育自延伸

一堂好课成范例

花开神州万木春

五、观摩科学课程

静安常熟幼儿园

科学课程成典范

特色源自"做中学"①

深钻细研数十年

激发兴趣重探究

问题导向挺在前

蚂蚁家在哪里住

乌鸦喝水怎试验

高原风到哪里去

无土番茄怎红脸

发现问题多思索

---

① "做中学"即国家教育部与科学技术协会曾经力推的科学教育实验项目。

设计方案解疑难

自己动手证猜想

问题解决笑开颜

个别探究勤鼓励

合作探究成自然

科学融入各领域

探究能力日日添

六、观摩上海市常熟路
幼儿园教研活动

教研活动成常态

精心准备是前提

案例分享资料全

数据表格皆齐备

话题来自第一线

保教疑难做主题

小班幼儿分离难

情绪调节需梳理

中班孩子运动多

发展评价怎激励

骨干主持经验丰

讨论互动深思维

理论实践结合紧

指南引领解难疑

参与活动自思忖

常熟经验怎落地

七、静安区教研员和园长
与陕西团讨论互动

静安专家吴玉萍

参与课改全流程

精心回答质量高

如数家珍华彩涌

致力学习个性化

儿童需求深研究

发展评价做杠杆

教师能力勤提升

四年一轮大评估

课程要素齐权衡

半日活动看"四课"①

孩子发展是准星

教研指导重频率

多重激励机制成

展示传播好经验

拉高底部求均衡

课改推动质量升

幼教花开别样红

八、观摩运动特色课程

闵行龙茗幼儿园

运动资源足称雄

可喜十大功能区

尽使孩子展天性

强身健体抗挫折

挑战精神寓其中

一物多玩长智慧

①"四课"即生活、运动、游戏、学
习四类课程。

民间体育可赓续

特色运动扬专长

家长参与亲子行

多维评价做导向

儿童发展目标明

运动连起五领域 ①

家校互动乐融融

九、观摩上海闵行区虹鹿幼儿园多彩表演特色课程

儿童本真爱表演

引导表达更多彩

故事情景广播剧

师幼共建戏路开

表演表达追寻美

音美语言现童真

感受创造富想象

---

① 幼儿园五大领域指的是健康、语言、社会、科学、艺术等五个领域。

编剧舞美做主人

一出演罢赞声齐

戏中生活亦精彩

多元发展成果丰

素质提升强精神

十、观摩嘉兴市美德
台升幼儿园食育课程

以食为天我古训

东瀛食育引进来

推进食育课程化

美德台升理念新

多维导入识膳食

品尝之旅最精彩

实操教室学烹饪

雅食文化求植根

环境创设食为题

生活渗透食导引

食育关联天地人

由食而育趣无垠

十一、桐乡市代代康幼儿园
介绍积木课程开发策略

名师领办民办园

专业精神开新篇

趣玩积木创特色

园本课程架构全

堆积拼插多变化

排列组合趣无垠

乡土文化进积木

儿童生活是源泉

主题活动巧设计

区角 ① 活动给积件 ②

细心观察找联系

合作想象试搭建

小小积木大世界

心中天地摆眼前

---

① 区角指合理设计幼儿园活动或公共环境中的若干空间，划分功能活动场地。

② 积件指教师在教学中某个知识内容的微教学单元，可重组使用。

积木融合五领域

课程彰显儿童观 ①

孩子成长家长喜

园长教师笑开颜

十二、观摩杭州市闻裕顺幼儿园"美诉"课程

考察初到闻裕顺

"美诉"二字费心猜

园长一课解疑惑

课改花开芳满园

两期实践深总结

认知理论做指引

视觉言语双通道

信息加工易且稳

"美术""美诉"一字差

儿童发展质相分

经验培育靠感知

---

① 儿童观指社会对儿童的看法或观点。

通道建构形和音

观察"我"的幼儿园

拍照画画找最爱

拓展再玩其他园

比较画说特点来

"我有一个幼儿园"

多元表达展精彩

一班"诉"出立体书

二班布景亦逼真

区域划分初实践

空间利用探究勤

氛围渲染求美感

语言表达全且准

不求"术"精求发展

多元融合理念新

课程运行"去管理"

人文关怀倍温馨

"美诉"课程特色明

多维启发考察人

十三、沈颖洁教研员
介绍浙江课改经验

浙江力推园本化

走向适宜是真谛

尊重儿童方向对

"步子大小无所谓"

儿童立场率视导 ①

诊断评价找问题

环境作品与教学

随机事件亦留意

站点研修有引领

联动研讨强互助

自我反思做基础

小处改起质自提

恒做儿童研究者

视角立场莫偏移

---

① 视导指教学视导。即教育专业人员针对学校或教师之教学措施进行系统性的视察与辅导，以提升学校教学质量与学生学习效果的过程。

"发现儿童"常在心

课程建设大道直

可喜听君一席话

课改认识再升级

十四、杭州哈灵教育集团顾问张文明介绍游戏与 STEM 课程①

本是学前科班人

保教一线常现身

精通理论知实践

金句频出道理顺

儿童游戏有真假

纯为学习假几分

孩子自主成人帮

学在玩中享童趣

系列游戏即课程

关注过程重争论

---

① STEM 课程指的是科学、技术、工程和数学四门课程。

STEM 课程不神秘

贵在儿童找问题

小组讨论想办法

体验成功好神气

各科知识融合中

孩子天天长智慧

紧贴地气释课程

生动形象有新意

十五、江宁区专家陈晓静解读幼儿园 STEM 课程

幼儿学习 STEM

问题解决是为宗

身边生活找问题

合作探究觅途径

整合知识用工具

目标实现能力增

快递游戏一案例

儿童合作共探究

观察流程获经验

情思之痕

操作想法绘成图

按图制作诸设备

扫描货架自动手

熟悉材料议做法

边做边改终成功

多门知识整合勤

学习就在过程中

分析问题动手做

模式即为 STEM

江苏实践起步早

经验花开香九州

十六、杭州哈灵教育集团董事长陈哈利谈幼儿园户外环境创设

户外环境诚宝贵

尽享阳光与空气

改造添置有原则

服务儿童不可违

运动应用最重要

自主游戏莫忘记

功能区块为教学

多科融合展创意

地方文化巧融入

现代气息添亮丽

美感提升吸引力

儿童在此乐无边

十七、感受苏州市实验小学
附属幼儿园种子文化

实小附幼特色浓

种子文化根脉深

巧把儿童喻种子

生长规律要遵循

世无相同两片叶

个体差异应区分

种子必会自生长

发展缘于内外因

成长无限可能性

按需施助主意真

培土浇水阳光照

小芽能成栋梁材

深研规律建课程

全面发展育新人

种子文化遍园内

一花引来满园春

十八、参观南京市
湖山北路幼儿园

学习考察取真经

现场参观不可轻

园长导引诚难得

家珍处处指点清

园中不显规则语

规则渗入习惯中

儿童自主学玩动

探究规则自遵守

自闭儿童曾入园

师幼关爱似暖流

融入班级创奇迹

人生从此有光明

篇三·教育情

园本文化亲自然

花鸟虫鱼美环境

孩子观察看变化

知行合一日日增

教师都是研究者

个案跟踪水长流

要帮儿童先发现

适宜教育足需求

边看边听边思索

此园虽小内涵丰

十九、听南京市天慧路幼儿园 陈静园长讲课程游戏化

推进课程游戏化

突出趣味经验生

坚持正确儿童观

孩子天性须尊重

自由自主莫严控

合作创造释潜能

身心愉悦进步快

游戏精神润课程

实践课程游戏化

观察应做基本功

读懂孩子言与行

适时支持价值升

解剖观察一案例

课程精髓在其中

江苏课程不神秘

经验悟透可践行

二十、江宁区教研员介绍
课程游戏化建设经验

江宁幼教重课程

局长挂帅促推行

项目建设制度全

三年规划方向明

省市经费区配套

专项资金有保证

组织管理抓协同

专题研训多维度

以评促建机制活

导师引领责任清

推广辐射新成果

视导诊断屡建功

经验震动考察人

幼教课改学江宁

苏陕教育已有约

南京握手再结盟

但愿同人常赴陕

传经送宝续友情

三秦后发可追赶

幼教质量同跃升

二十一、下苏杭学经验有感

八月秋高下苏杭

行程密集总奔忙

天堂秀色不得顾

寻珠觅宝倍辛劳

江南同行足慷慨

传道倾囊不遮藏

归来细点"珠宝"箱

镜鉴面面都闪亮

学贵实践从头起

三地经验添能量

起锚课改破浪舟

风正帆悬向前方

赞花甲女板车拉母游天下 ①

板车一辆

爱洒美山河

只要母颜绽花朵

辛苦怕他几何

世人都讲孝敬

几人能有此功

视频传遍天下

多少追悔顿生

① 63 岁退休女教师谢淑华拉板车陪
母亲在全国各地旅游。

情思之痕

268

师恩难忘

一、致敬蒙怀茂老师 [①]

当年教坛立潮头

迎风破浪为国酬

胸怀家国育英才

服务地方扛大鼎

乐为园丁壮芳菲

善做人梯举梁栋

鲐背仍忧天下事

弟子心中千仞峰

_____

[①] 在作者高中时期，蒙怀茂老师担任旬邑中学党支部书记。

二、赞李思俭老师 [①]

矢志终生红烛心

光热只为利他人

泰塔 [②] 翠屏 [③] 无日夜

教书育人满苦辛

咸阳西安乘东风

教坛学海再耕耘

耄耋仍为支教忙

奖掖劝勉励后昆

情思之痕

三、怀念辛嘉瑞老师 ①

严谨勤勉良师魂

敬业从教不惜身

每有劳作必垂范

常为备课耗精神

平等相待生做友

诲人不倦石成金

身虽千古旗帜在

常教弟子泪满襟

---

① 辛嘉瑞老师为作者高中时期的
班主任。

观良师教学有感

一

梦中总有

美在滋长

用腰身

用舞步

用音响

用线条

织成

天上云锦

芸芸众生

唯我独俏

心中自有

真情无疆

用心血

用汗水

用智慧

用畅想

引领

虔诚追梦者

美美与共

艳冠群芳

二

总能在抽丝剥茧中

给纷繁理出头绪

总能在一屈一伸中

用舞姿塑造美的真谛

传授的是经验　是体会

示范的是诀窍　是秘籍

祈愿的

是世界多一分快乐　多一分欣慰

奉献的

是多年汗水　多年积累

觉察不到的进步

在一滴又一滴汗水里

言说不完的感动

在一天又一天的时光里

三

总能在黑暗中

发现微弱的光

总能在砾石中

找到微薄的力量

总能为蹒跚的脚步

绽放赞许的微笑

总能把激励的温暖

热情地送给

艰难的攀登者

绝不掐掉老树

稀疏的嫩芽

绝不讥讽将军中的矮子

形象猥琐

绝不浇灭梦中人心中的

星星之火

绝不盯着他人的缺点

去放大个人的自豪

用真诚

面对并不完全真诚的世界

用善良

装扮不断重复着的生活

发掘生活中的美

回馈给多姿多彩的人生

让周围的人

永远欣喜地享受

春的生动

秋的收获

把青春咬碎

—— 读纪实文学《苦难辉煌》

面对苦难

最需要——

把理想信念举过头顶

用可以揉碎整个世界的意志

用能从磐石中挤出水的毅力

咬紧牙关

把苦难咬碎

让严寒播种温暖

让饥饿播种丰收

让疲倦播种欢乐

让鲜血播种幸福

不管是司号员

还是团长师长

同在苦难中浸泡

同从苦难中挺立

战士只向真理低头

苦难从来是登攀的阶梯

把曲折咬碎

让坎坷迎接坦途

让误解浇灌真诚

让枷锁锤炼意志

让失败孕育成功

不管是战场拼杀

分散游击

还是敌营探秘

谁不历尽曲折

谁不在曲折中累积智慧

革命者只为信仰而生

将曲折变为前进的里程碑

把青春咬碎

让每一步成长都闪耀理想的光辉

让每一朵爱情之花都染上主义的红色

让满腔热血为祖国母亲沸腾

让钢骨铁筋撑起倾颓的大地

不管是所向无敌的铁军

还是突击团

敢死队

哪一个不是青春的集合

哪一个没有经过血与火的洗礼

英雄的青春啊

从来只执着于播种

毫不在乎能否参与收获

把生命咬碎

让每个瞬间属于未来

让每个细胞活出精彩

让所有热能全部喷发

让所有智慧变成动力

不管是半途倒下

还是观礼台上欢呼胜利

或者是重回乡野播种新的希望

或者用砸碎旧世界的大手

开动牵动新社会运行的机器

每一个生命都辉映历史

每一个生命都光照万代

大写的人啊

是你们用伟大的生命

锻造了民族伟大的辉煌

让伟大的共和国

在世界民族之林

永远巍然屹立

04

篇
四

桑｜梓｜情

旬邑——我的根，我的魂 [①]

不仅仅因为

土壤里有着公刘的汗水

山风里和着清塬镇首义的吼声阵阵

阳光里闪耀着马栏火炬的光辉

浪花里荡漾着教育先进县的神韵

还因为

这一方土地埋葬着爷爷的爷爷

这一方山水养育了父亲母亲

世界上因此多了我的生命

身躯中因此有了世代传承的基因

不论走到哪里

割不断的永远都是

深扎在旬邑的人生之根

这一方土地并不一直富有

[①] 作于 2016 年 4 月 15 日旬邑县豳风
教育协会成立前。

山瘠水瘦也曾让天空布满愁云

泰塔暖热了一届届学子的野菜团

河边湿地刻有一串串采摘水芹菜的脚印

干瘦的父亲在一片片荒地里播种希望

困倦的母亲在一夜夜灯光里缝补慈爱

班主任点燃一个个梦想的火苗

科任教师打开一扇扇知识宫殿的大门

父母时时叮嘱

人穷志不能短

老师耳提面命

有知识才有未来

故乡的山水不断呼唤

人到哪里都不能忘本

不论身处哪个岗位

胸中不灭的永远都是

旬邑铸就的生命之魂

走遍天南海北

最美的还是家乡的云

吃过山珍海味

最香的还是母亲炒的菜

梦里家乡游

树梢月儿明　玩伴笑容真

掩卷常忆母校事

课堂连世界　操场总是春

最希望听到的是家乡的喜讯

县富民强　文明和谐

最希望看到的是家乡的发展

山清水秀　屋舍俨然

牵挂　怀念　祝福　期待

融入生命的每一道年轮

树高千尺忘不了根

落叶归根回报着养育恩

不忘家乡就是不忘根本

饮水思源是做人的本分

传递一个信息

增添一片绿叶

奉献一分爱心

送上一阵芬芳

泰塔铃不拒五洲歌声

石门山笑迎四海彩云

家乡梦紧连中国梦

汃河水千里归大海

旬邑根紧连中华根

旬邑魂紧系中华魂

情思之痕

我们为了什么

——献给豳风教育协会各位同人

白发辉映着沧桑

稚气催生着希望

红装酿造着甜美

青春蓬勃着力量

我们

有了共同的行动——

捧出血汗浇灌的花朵

献上慈爱培育的浆果

送去辛劳育成的珍珠

增添拼搏锻造的瑰宝

故土一派花团锦簇

家乡多了笑语欢歌

常有人问我们

这样做到底为了什么

其实

在心中

我们早就回答了

这个问题

为了名校学子的笑容里

有一束我们送去的阳光

为了职场骄子的奖状里

有一道我们镌刻的金边

为了知识殿堂里

有我们培过土的栋梁

为了丰收的田野里

有我们汗水浇灌的

阵阵稻香

为了兴学修路的淳朴民风

世世代代永远传承

为了"不以善小而不为"

父兄们传递的圣训

不在我们这一代

没入蓬蒿

情
思
之
痕

也有声音在说

育花原本是春天的责任

何劳你们挂在心上

飞船高铁时代

哪里还需要肩扛手提的民工队

哪里还需要小米加步枪

我们深知

春天自有百花香

多一人培土浇水

就多一枝鲜花

多一阵芬芳

大海不择细流

泰山不拒细壤

新时代的民工队

有着一样广阔的胸襟

一样勇于担当

一颗颗滚烫的爱心

就是我们的小米加步枪

我们坚信

爱心能唤醒爱心

亮光能激发亮光

我们坚信

春天里的千千万万颗爱心

一定能共同托举起

那一轮初升的太阳

爱心人士

我们共同的名字

努力奉献

我们共同的品格

飘动的白发　通红的脸庞

奔走动员的背影

让多少后辈泪花闪烁

教室就是会场

员工都是义工

倾力支持的壮举

历史不会忘却书写

自减养老预算

调整生活安排

再塑时代家风

引领一方时尚

倾情付出

我们不会后悔

认定方向

我们便不会退缩

既然选择的是面向朝阳

我们就一定会

不断收获新的精彩

不断创造新的辉煌

我的星空

小时候

我的星空住着东海龙王

总想也讨一根金箍棒

——扫尽人间不平

有时候也会看到阿里巴巴

还有那钓上金鱼的渔夫

长大后

忙学习　忙工作　忙生计

很难再顾及星空

偶尔一瞥

也只低头看见地上的倒影

乱哄哄　孤零零　急匆匆

今天

我的星空里

总是回放着

母亲温暖的臂弯

父亲凄凉的背影

小时候砍柴的镰刀

曾经在山顶看到的日出

曾经在雨巷听到的琴声

将来

我会回归到我的星空

那时　地球就是我最牵挂的星星

我要看砍过柴的山沟草木怎样枯荣

我要看谁登上了我登过的山顶

我要听曾经的雨巷

演奏着谁的乐曲

蔷薇之歌

——读旬邑县"蔷薇诗社"作品集有感

扎根在滋养过《诗经》的土地

吮吸着父兄血汗浸透过的养料

在陪伴过范仲淹的月色中

在吹拂过旬邑起义红旗的春风里

在库淑兰剪纸时的哼唱中

在旬邑唢呐奏响的悲欢离合里

发芽　拔节　成长

给世界奉献独一无二的

风姿　筋骨　芬芳

永不忘最初的梦想

牢记着每一道关注的目光

把花子馍的苦辣酸甜

融入每一滴汁液

把马栏红苹果的喜怒哀乐

渗进每一片花萼

在醉人的东风里勇敢地绽放

让世界多一份足以写入历史的

惊喜　感动　向往

愿意装点雅致的闺房

也愿意为庆功大会添一份欢乐

更喜欢为挥汗如雨的耕耘者

送去沁人心脾的一股清凉

更热衷给荆棘路上的跋涉者

奉上温暖心扉的一份馨香

为一切不可能变作可能助力

叫世界每一天都生长出全新的

希望　幸福　阳光

清塬　清水塬

不知何时

人们省略了一个"水"字

文案上便只剩干渴的"清塬"

孩子们再也不追问

"清水塬"的"清水"

源自哪座山峰

哪眼清泉

只有老一辈人知道

清水塬的水

每座峰　每条沟都有

每一瓢

都清冽无比　沁人心脾

清水洗涤了世世代代

塬上人的心灵

在世世代代

塬上人的血液里

奔流　传承

是上苍把疾恶好善

注入清水的基因

至柔至刚的清塬人

从来容不得

污泥浊水

压城的黑云

率先揭竿而起

用血与火

叫旬邑起义的大旗

映红陕甘之交的村村镇镇

一批开国功臣

带着清水的基因

走上一个个领导岗位

所到之处便清风习习

雾散云开

历史翻开全新的一页

清水的基因走向

各行各业　五洲四海

教坛长出清水浇灌的栋梁之材

画苑捧出清水渲染的时代精品

清水的神韵陶醉了

荧屏前万千受众

清水的傲骨惊异了

国际讲坛的学术达人

塬上的每一场丰收

都由清水滋养

后代子孙的每一部专著

都渗入清水的精魂

就算上天不给健康的身躯

也要让小说和诗章

不断地盖上清水的大印

商场战场中的一个个大咖

总有人喝着清水长大

享誉一方的大国工匠

总在作品中透出

清水的精气神

我总愿像老一辈一样

更多地把清塬叫作"清水塬"

因为清水里永远流淌着

祖先的梦想　父母的期盼

情思之痕

因为清水浇铸过男儿的钢筋铁骨

因为清水滋养了女儿的兰质蕙心

因为历代先贤　当代才俊

不断为清水塬增添着荣耀

奉献着光环

因为清水是我们生命的原点

因为我永远能以清水为傲

永远有权分享

她的辉煌　她的灿烂

走到哪里

我都是

清水塬人

心里　梦里　永远都有

清水塬

初秋回村偶记

一

梦里常回村
童年趣事稠
退休多闲逸
初秋桑梓游

二

玉米密且高
花径入村口
塬畔俯身望
沟壑草木封
路遇儿时伴
同忆当年穷
劳作苦终年
收获难果腹
山坡皆耕地

打柴走几岭

所喜天地改

吃穿不再愁

种粮领补贴

社保扶老病

家家起新房

小车满胡同

墙边聊天人

笑夸国运兴

三

兄嫂年古稀

村筑清贤居

避暑村中住

书画伴歌声

堂上多访客

话题能量正

移风易俗事

垂范倡新风

得暇侍菜园

韭绿辣椒红

每日有机菜

营养保均衡

四

离村自思忖

城乡沟渐平

农村祈发展

回归成潮流

情思之痕

河畔晨练有感

塔铃摇落了多少星辰

汜水送走了多少青春

高原笑看着一幕幕

历史的风云

黄土滋养着一代代

公刘的子孙

山河不变

静静地陪伴着

时空中永恒行进着的

一群又一群人

山河怎能不变

山河时时在变

曾几何时

清塬的鼓声

震动三秦

今天大鼓还在

鼓声

早已变成声声鸟鸣

绿被千里　层层光晕

曾几何时

马栏窑洞里的灯光

让红旗插遍

陕甘宁边区的南大门

今天窑洞还在

灯光

却早已变成

千家万户甜蜜的梦中

永远的温馨

百年巨变

山河已改

人民命运

自己主宰

新梦还在浇筑

道路已经凿开

汃河畔的公刘

正在见证着

山河再造

又一个

全新的时代

晨曦中的泰塔

沿着河岸

从片片高耸的楼群缝隙中

向着熟悉的方向

不停地张望

梦中的泰塔啊

您在何方

啊　看到了

终于看到了

晨曦中

您化上了亿万次化过的彩妆

晨风拨动塔铃

您在悠扬的旋律中

绽放着母亲一般的

温暖　慈祥

像母亲一般

您今天也变得这样

矮小　苍老

记忆里

您无数次地走进我们的课堂

数学课里有您的身高　体形

有您建筑计算的严密　精巧

物理课里有您的

重心变化

有您倾斜原因的　分析　探讨

历史课里有您和宗教的渊源

和民心的同频共振

地理课里

老师引领我们从塔顶遥望世界

五洲风云装进我们的胸膛

您矗立在校园

校园就永远

充溢着唐风宋韵

引我们遐思

令我们神往

高耸　壮美　挺拔　宏阔

多少刻画您的美丽辞藻

铭刻在我们的作文里

蓬勃在我们的心房

曾经的塔园

编织了多少五彩斑斓的梦想

爱在这里萌动

情在这里滋长

晴天晾晒在塔园台阶上的

一块块红馍　发糕

给少男少女们

注入了多少

自立自强　不甘人后的力量

学农学工归来

塔园里跃动着

对社会的新认知

对未来的新希望

这里汇聚千年历史

这里连接四面八方

人生在这里迈步

理想在这里启航

据说

塔下正在建设博览园

我们心中的泰塔将改变模样

没有了少男少女们的日夜陪伴

泰塔又将会怎样

活跃在豳风故地

镌刻在人们心上

晨练遐思

沿着河岸快走

思绪和着河流的脉搏

一起跳动

顺着河流上溯

总能看到苍老的父兄

佝偻着身躯　耕耘不止

为着微薄的收成

为着一家人的饭碗

面朝苍天发愁

晨风中他们汗流浃背

稀疏的白发随风舞动

忽然一阵心痛

热泪不可遏止地涌流

他们在另一个世界里还好吗

能否像我们今天这样

享受着人生

沿着河岸快走

丛林送来阵阵快乐的鸟鸣

河洲的野鸭忙着觅食

鱼儿突然从水中露头

波心连接着波心

晨光追逐着水波

山峰的倩影

在人工湖中不停地舞动

山林河湖

这万物的家园

可知道人世间的爱恨情仇

斗转星移

沧海桑田

您能否永远——

"万类霜天竞自由"

沿着河岸快走

思绪追着水流

进大河入大江

面朝晨风中的大海

放开想象的歌喉

因缘际会

上苍给了我辈

如此奇美的人生

经历了世纪的跨越

享受了父兄想象不到的幸福

收获了书本中从未描绘过的友谊

品咂了永与岁月同在的真情

即使生命已被夕阳照耀

也要让晨曦永远充盈心灵

河流每天奔向大海

生命不息

阳光总在心头

情思之痕

晨　曦

你从历史的山后走来

用漫天彤云

把鬼魅和晦气扫荡一空

为静谧的世界

开启一个全新的清晨

你为太阳的升起暖场

当人们欢呼太阳的光焰时

你已遁入无形

在人们无法探知的时空里

积聚能量

准备着又一个新的黎明

你总给人们带来新的希望

你总让世间万物变化无穷

田家河观李子

万绿丛中点点红

李子笑脸迎晨风

年年扮靓家园路

故人情在脆甜中

忆童年过年

过了腊月二十三
数着日子盼过年
一年到头难温饱
过年能有新衣穿
走家串户放鞭炮
偶尔还得压岁钱
过年最是孩子喜
一餐白馍乐几天
大人过年忧愁多
囊中羞涩心不安
听闻小年祝福起
童年岁月浮眼前

古豳颂

一

古豳大地兴周天
中华文化此发源
旬邑烽火红陕西
马栏拱卫陕甘边
五星红旗耀神州
教育振兴盛名传
汃河向来重情义
滴水回报有涌泉

二

公刘拓土奠周基
秦皇直道铁骑疾
石门风光千载秀
黄河巨象万古奇
马栏烈焰红天半

情思之痕

工农开创新世纪

阅遍山川胆自豪

胸中平添英雄气

三

圝地旧貌诉丹青

汄水新曲唱太平

塔铃摇落千秋岁

翠屏聚集万年情

青葱旬中旧梦新

白头桑梓乡恋浓

每亲故土多感慨

山河巨变人不同

挚友同游旬邑

挚友同游古豳地

文明洗礼情难移

唐家^①三雕烁今古

渭北烽火映义旗

关中特区驻三边

苏区南门凯歌齐

谁言旬邑山河瘦

公刘在此开天地

---

① 唐家指陕西旬邑县唐家大院，现为唐家民俗博物馆。

故土情深

心中梦中都是你

故乡情缘无可比

给我生命给我爱

故土情深血肉里

人生从兹开步走

风雨兼程路不迷

常把他乡比故乡

山高水长情不移

翠屏山之恋

早陪翠屏迎朝日

晚伴翠屏看夕阳

曾经翠屏无湖泊

心中翠屏独豪壮

今朝翠屏山水依

山水翠屏情意长

飞离翠屏百家鸟

回偎翠屏共欢唱

归田赋

窗外山苍翠

河中水潺潺

心里无纤尘

眼前有云烟

解甲归田日

再续故土缘

立足古豳地

微信联天边

故乡秋思

一

山河如洗楼宇净
初秋是处皆风景
莫道春华惊人眼
都把秋实作成功
谁言秋来必肃杀
应知红叶催诗情
坐拥寰宇清爽气
阅尽秋色万千重

二

晴空万里天高远
山色苍翠难画描
窗外秋水涛声急
楼前车马金光耀
草绿花红小院静

虫鸣鸟唱松林闹

清茶一杯伴圣贤

通信传情不辞劳

三

色彩斑斓秋渐浓

东坡诗魂照长空

人间变幻翻色调

天宫依旧送清明

一轮皓月百念起

万里江山情意生

祈盼年年月圆时

风调雨顺四海宁

四

清风送凉意

翠屏泛金光

鸟鸣动丛林

隔岸有书香

湖畔晨练人

白发映红装

微信联世界

情谊传远方

情思之痕

雨中归故乡

雨中驱车归故乡

满目秋色清风凉

微信送暖难回复

过午得暇唱吉祥

清晨祝福成惯例

爽约自责愧难当

只祈两处俱康乐

事事顺遂愿得偿

05

篇五

亲 | 友 | 情

◎ 怀思追远

园子家族祖碑重立 [①] 纪事

园子家族

根西垛里

百余年来

代有光辉

两代孺人

节孝双璧

敬老爱幼

根脉延续

[①] 吕家村园子家族祖碑位于吕家村屯庄门外园子家族尖角坟园,初立于清道光十年(1830),清代县志记载了碑文所赞两位孺人的事迹。该碑"文革"中被毁,2020年10月5日修复重立。

婆母懿范

子孙永记

增花献宝

率子立碑

可叹"文革"

古碑遭厄

园子后人

痛彻心扉

盛世昌明

传统得扬

庚子菊月

祖碑重立

致礼天泣

礼成日丽

慎终追远

感动神祇

九旬姐弟

扶病回乡
揭碑致祭
造福后辈

百年散裔
重归故里
同拜先祖
共续祖德

村中同族
倡行正气
赞赏修谱
支持立碑

族谱小组
致辞周全
彰扬族风
寄望后起

献花奠酒
敬发心底

誓为列祖
增光添辉

百人盛宴
群贤聚集
俊秀祝酒
才华横溢

立碑修谱
合族勠力
争相奉献
同心同德

大典礼成
族风得继
复兴大业
吾辈奋起

我们永远在一起

——余庆堂 2017 年大聚会

还是昨天的模样

还是昨天的磁场

凝视着我们

静听着每个人的发言

让春雨般的爱

悄悄地　悄悄地

渗入每个人的心房

谁说阴阳两隔

一别就是永诀

余庆堂长眠的亲人们啊

今天分明仍在我们身旁

你们的心啊

正在和我们一起跳动

谁说"人死如灯灭"

世界上再也不会有

篇五·亲友情

333

那一团火苗

据说有人已经证明

灵魂的客观存在

物质不灭

才是自然界永恒的法则

为什么人们哽咽连连

热泪盈眶

为什么一根针掉下

也听得见声响

因为啊

人们的心儿

走进了边区课堂

大伯循循善诱的讲解

让多少才俊眼界大开

思想解放

伟岸的身躯

却被泼尽脏水

被残暴地压弯了腰

人们眼前啊

二大 ① 高大的身影

正行进在

一条乡间小道

抢救完生产队最金贵的牲畜

四十五年生命的休止符

深深地刻于

乡村兽医员的小药箱

人们耳中啊

一次次响起三大低低的叮嘱

按时服药　安心静养

多少乡亲

在三大一次次的出诊中

走出病痛　满面红光

为着塑造心灵　传扬风尚

为着护佑生命　人畜兴旺

---

① 陕西关中人将父亲叫"大"，二大即
为二爸（二伯），下文三大即三爷（三伯）。

兄弟三人辛劳终生

用心血和汗水

谱写了一首首

鞠躬尽瘁的歌

记得

大伯首倡建村小

全家动员人人忙

男人做土坯

小孩运砖前后跑

女人送饭工地上

公而忘私成佳话

春风世代总传扬

忘不了啊忘不了

为纾三大难

大伯雪夜跋涉百多里

为遵兄长意

二大兜里有一分钱也上交

三大每回家

总把大伯看望

情思之痕

336

兄友弟恭　妯娌和谐的故事

在后代子孙的心田里

不断生根　发芽　成长

一桩桩　一件件

先辈创业艰难多

回望来路思潮涌

追思感念泪婆娑

亲人们啊

你们一刻也没有离开

一直都在我们心上

你们一定记得

前年亦是仲秋时

百人齐聚渭水旁

读家谱　忆过往

齐声称颂余庆堂

曾祖创家功至伟

祖父传承又弘扬

时到父辈世风改

先国后家也呈强

为国为民洒血汗

人心是秤誉满乡

议家风　理家训

百年邮轮再起航

你们也一定知道

大哥几次动议

三哥噙泪著文章

五哥笔中含深情

六哥八弟话衷肠

姑嫂都有回忆文

五代六代思念悠悠

篇篇文章情深意且长

亲邻皆怀念

德范永存　嘉言懿行济世长

雨转晴　秋色靓

清贤雅居阳光照

五代男女声铿锵

坚定家风自信

矢志传承弘扬

六代孩儿人虽小

登台诵读气轩昂

家风家训常在心

家国情怀永不忘

告慰亲人常开怀

后辈人才迭代出

一代更比一代强

祈愿家运恒昌隆

全家上下心一条

总是想起您

母亲——

我仍然无法相信

我们之间

已经有了十几年的距离

花开花落

斗转星移

您的身影仍在眼前

您的声音仍在耳畔

您的叮嘱仍带着温度

您的教诲仍充满深意

第一声鸡啼中　醒来

总能看到

村子里

第一盏灯光由您点亮

第一缕炊烟由您升起

您把昨晚反复思忖的想法

用深情的刀工

恰到好处的火候

将原生态的五谷杂粮

变成诱人的色香味

苦苦菜也能不断挑逗大家的味蕾

你把吃饭当成天大的事

一家人的能量

来自你不知疲倦地

蒸切擀煮

淘淘洗洗

婆婆　丈夫

儿女　孙辈

都在消磨您年华的厨艺里

品尝过生活的甜蜜

补充过生命的活力

银发飘拂

曾孙绕膝的暮年

您依然黎明即起

摸索进厨房

择择菜

洗洗米

只要能添一把力

您心里就安稳

您吃饭更有滋味

严寒酷暑

风里雨里

总能看到您忙碌的身影

村里村外

塬上沟里

到处挥洒过您的汗滴

艰苦岁月

您和妯娌都是强劳力

生儿育女　缝衣做饭

女人的活计一分不减

收种打碾　施肥耙地

男人的多半担子

也靠你们柔弱的双肩扛起

生产队时代风云变幻

不甘人后的您啊

只认准一个道理

拼着筋骨干活

不论风向南北东西

衰老渐渐捆住您的手脚

病痛步步挤压您的心力

您心中装满儿孙

一会儿回村里喂猪喂鸡

一会儿在城里补补缀缀

"人不能白吃饭呀，

只要还有一口气"

逐渐变弱的声音里

永远矗立着

一个坚强的灵魂

一颗慈爱的心

夜深人静的时候

总有您在灯影里

裁剪比画

纳鞋缝衣

做出新式样

增添新花色

让大人　小孩

酷暑清凉去浮躁

严冬春风暖心扉

您针针线线缝进去

对明天崭新的希望

对亲人深深的情意

您年复一年地收获着

邻里们称赞的目光

亲人们的自豪　自信和自立

晚年更多的城市生活

已经用不上太多您熟悉的

缝补浆洗

您戴上老花镜

拿出针线包

把身边的布头旧衣

裁剪粘贴

缝制成图案精美的

椅垫靠背

摆在工艺品展柜

也定然会让展厅增色

您是一个农民

从没有吃过"公家"饭

对"公家"所有的事

却向来用尽全力

革命时期

您把父亲经常领回家的

边区干部　边区教师

一律看作贵客

拿出最好的茶饭招待

哪怕是东借西凑

也决不让父亲失了礼

建国初　父亲几次筹资建校

您又给匠人们管饭

又和妯娌们一起

带领儿女搬砖递瓦

从来没有想过回报

从来没有感到吃亏

孩子们外出工作

您总要叮咛勤奋　认真

不能有丝毫差池

您常常捎话带信

"不要为家里分心

搞好工作是大道理"

我总忙于工作

很少回家看您

您从来没有抱怨

只是一次一次地

嘱咐我注意身体

您弥留之际

我还在筹备一个重要会议

当挤出时间　回到您的身边

您仍坚持要我回去忙会

只是您第一次流下泪水

因为您已经清楚

这是我们母子最后一次相见

想不到啊

我怎么能想到

第三天　当跨进大门时

您和我已经永远天人相隔

母亲啊　母亲

这最后的一幕经常在我眼前重演

每一次我都痛彻心扉

母亲——

您时常念叨着他人的好

给予他人却很快忘记

您不善言辞

对任何人

都不曾说过一个"爱"字

您却用耗尽一生的

默默善行

无声地诠释着爱的真谛

您不会读"勤"字

可您每天晶莹的汗珠

就是对勤劳最好的注释

您不会写"俭"字

但您整好每一张纸片

捡起每一片菜叶的行为

就是节俭的范例

您没有遇上

能读书的好年代

却把"耕读传家"的祖训

深深地印在脑海里

再苦再难也要供孩子们上学

哪怕吃糠咽菜

哪怕每天

熬半夜 起鸡啼

为一双儿女

不得已中途辍学

您终生都不原谅自己

尽管儿女们深深懂得

时代给的那副担子

根本不是您能挑得起的

母亲啊 母亲

您绝不仅仅给了我们生命

您更多的是用行动

让我们懂得了生命的意义

您教我们善良做人

您教我们认真做事

您让我们心往高处看

您教我们脚在低处立

我们的性格里

有您太多的影响

我们的灵魂里

有您太多的印记

您给予我们的太多太多

我们欠您的

却再也无法补齐

母亲啊　母亲

虽然这个世界上

再也不会有您的音容笑貌

我们还是时时想起您

在黎明　在夜里

在和您共同生活的

每一个场景里

您永远都不会离去

您永远都在

儿孙的事业中

后人的心底里

母亲节忆母

天下母爱最纯真

生身抚育费苦心

衣食住行总操劳

喜怒哀乐常挂心

学业事业永惦念

养儿养女又疼孙

母去老家成故土

每念娘亲泪沾襟

情思之痕

清明节网祭亲人

一、祭父

吾愿世上人有灵
心电感应冥冥中
父忽离世近五秩
儿常受教在梦境
一生刚直重公事
两袖清风正家声
清明有疫难回乡
网上致祭热泪涌

二、祭母

一生辛劳多苦痛
为家撑起半天穹
缝补浆洗重颜面
节粮添菜少饥声
披星戴月不知累

养儿育孙常笑容

慈母带走老家院

每念故乡泪双流

三、祭大哥

聪颖好学术业精

尚德勤敬重笃行

为公拼尽全身力

胸襟装满家国情

背负重压仍奉献

迎得东风却卧病

喜看子孙多才俊

骊山 ① 晚照有笑容

四、祭三哥

从小为家担沉重

辍学只为分父忧

_____

① 作者的大哥葬于骊山墓园。

吃尽农事千般苦
解开家务万种愁
改革风来民望集
善治村事美名留
英年早逝脊梁折
永教手足五内痛

五、祭姐夫

工厂起步尽忠诚
奉公旬邑传美名
一生干练善处事
终生勤谨多誉声
持家常能筹划全
教子总是身先行
可叹盛年早辞世
未见后人功业成

你是脊梁 ①

——三哥辞世二十周年祭

二十年

时间的风霜雨雪

洗却了多少记忆的印痕

堆起了多少情感的屏障

你却一直

在我们的生活里

在我们的事业中

在我们的梦里

在我们的心上

因为——

你是我们的脊梁

你是父母的脊梁

生活艰困

---

① 2015 年 4 月 8 日作于西京医院做白内障手术住院期间。

你强忍心痛

默默离开小学课堂

稚嫩的肩头

分担了父母肩上的分量

挑水磨面

犁地扬场

你日复一日洒下滚烫的汗水

为着父母能喘口气　伸伸腰

建水库的工地

修梯田的战场

你手中镢头铁锨 ① 的闪光

写就一张张金色的奖状

"教子有方"的夸赞

驱走父亲额头上疲惫的乌云

送来母亲脸上幸福的微笑

你用钢铁的臂膀

挡住明枪暗箭

你靠坦诚的交往

化解污蔑中伤

———————————

① 铁锨为陕西方言，指铁锨。

让曾是边区模范教师的父亲

风雨中挺直腰杆

让历经磨难的母亲

少了许多惊吓与煎熬

父母病榻前

总有你忙碌的身影

父母背影里

总有你牵挂的心潮

你让父母为你而骄傲

你让父母的一生

尽享天伦

尊严　安康

你是兄弟姐妹的脊梁

你帮父母撑起贫困的家

让家的温暖

时时充溢着兄弟姐妹的心房

你把上学读书的机会

心甘情愿地让给哥哥弟弟

你把兄弟们的每一点进步

都当作自己的荣光

你跋山涉水

为上学的哥哥弟弟送去干粮

你满足的笑容

成为他们砥砺进取的强大力量

政治风浪肆虐

你忧心哥哥际遇

翻山越岭

每每送去全家的抚慰

让困境中的哥哥

血液中注满走出风浪的坚强

兄弟姐妹遭遇坎坷

你伸出有力的援手　从不彷徨

谁遇大事

你的主意总会是

定盘的星　航行的舵

病重卧床

族中的难事还要听听你的主张

你从不向兄弟姐妹伸手

侍奉父母

和谐邻里

为一家人树起榜样

让在外的哥哥弟弟

有了放心的后方

你是妻子儿女的脊梁

披着星星　你全村第一个起床

戴着月亮　你依然在田间劳作

你用十二分辛劳

带领一家老小走出饥饿

迎来温饱

甜菜堆前

烤烟楼旁

苹果地里

你和妻子盘算着孩子们

读书的学费

过年的衣裳

装满梦想的新房

几次天塌地陷的灾难

你扛住黑暗的铁幕

让妻子　儿女在凄风苦雨中

站稳脚跟　挺直胸膛

你最喜欢

孩子们作业本上红红的对号

把它看作一家人的希望

只要孩子们认真学习

宁可自己肩上的血痕再多几条

你教孩子们厚道为人

诚实勤劳

把家的小车

驶上丰衣足食的阳光道

你是家乡的脊梁

生产队的急难险重

向来都由你扛在肩上

村前村后留下你的足迹和汗水

村里村外传颂你的贡献和风尚

你上学不多

却是村里的文艺骨干

快板声声

把时代新风时时传扬

一场大病

让你无法负重更多

农民贴心的双代店 ①

美名传遍县乡

改革开放

家乡处处春色

全村带头人的担子

乡亲们放心地交给你挑上

你与哥哥弟弟联系

请来农业专家

让科学技术的春风

使一个个致富的梦想

变为现实

引水修路

建设村小

新农村的阳光里

你绘制的蓝图熠熠闪光

像千百万

面朝黄土背朝天的农民一样

你其实也是中国脊梁的一分子

_____

① 双代店即代购代销店的简称。

你像牛一样耕种　收获

你奉献的果实

强壮了民族躯体

提升了国家形象

在命运面前不屈不挠

你用生命锻铸的精神

永远会烛照人们的心灵

永远是后代子孙的宝藏

泥土里永远有你的笃实

泉水里永远有你的澄澈

月色里永远有你的清辉

日光里永远有你的汗花闪耀

斗转星移

对你的怀念永不褪色

世代交替

你树起的旗帜永远飘扬

◎ 亲情绵长

家族微信群观感

地分南北

巨细无遗

征雁难觅

云寄牵挂

风负忧心

怎知送给谁

后世子女

相逢不识

亲情何以为继

能不忧

家风传承

靠甚载体可依

网联八方

群通血脉

根梢紧连一起

声声问候

张张笑脸

家族同频

文以传道

视频闻理

知识老少咸宜

何须愁心儿难系

千里万里

观胞兄新画作

桃红柳绿春意浓

人在画中游

山清水蓝

庭院富生机

病愈初试丹青

新画成　赞誉无数

齐祈保重

如歌岁月稠

致敬二哥

少年聪颖

诗书画

名扬乡里

领职田

改天换地

誉满旬邑

调查研究善创新

推动发展重实绩

农金地

遍开经验花

富陕西

倡艺文

撰方志

引新风

助公益

有余热奉献

心向桑梓

手不释卷宽视野

笔下生花著经笥 ①

为后代

子孙学做人

树旗帜

情思之痕

---

① 经笥即书箱。这里形容作者
二哥著作颇丰。

步韵赞二哥

才艺赖天分

勤谨承家传

诗文书画佳作

少年见报端

行员艰难起步

职田改天换地

民望遍故园

出身紧箍咒

时时有人念

春风起

枷锁碎

路豁然

农金经验

汜河两岸花开艳

咸阳成就新业

省城再著新篇

总行常建言

身退声名在

处处有人缘

致二哥

耕读传家为一经
当年父辈常叮咛
持家有道勤为源
读书优异苦作舟
兄姊从小树榜样
小弟终生追赶中
幸喜家风得承继
后辈子侄尽精英

喜闻二哥治疗帕金森见效

"帕"病害苦睿哲人

画笔凝滞诗不吟

胸中坦荡春依旧

足下崎岖路难寻

所幸科技助医功

重得自由著雄文

至爱亲朋遥相祝

松柏常青享天伦

步兄韵颂改革开放四十周年

革故鼎新

从来会

生发活力

摧枯叶

激浊扬清

时序更替

毛公创下万世基

小平高擎改革旗

民心齐

地覆天翻

穷山移

改体制

去陈疾

解枷锁

开生机

让财富涌流

神州大地

饱暖方能兴百业

物阜才可强民气

图复兴

共圆中国梦

天下奇

和二哥诗作《怀旧看新》

后浪推前是天伦
前浪历尽万苦辛
怀旧看新警后昆

落木只缘新芽催
病树多乏护树人
浇水驱虫可延春

喜看诗书已传家
孝亲敬老有儿孙
余庆堂里和风熏

电波连起万里亲
鉴古究今真谬分
同随时代强身心

贺二哥荣获首批纪念章

光荣在党五十年

呕心沥血不歇肩

战天斗地职田红

改革创新农金艳

诗书画享三秦誉

功德言传子孙贤

老骥伏枥自奋蹄

壮心不已苦亦甜

余庆堂之光·贺二哥八十寿辰

您少年时的聪颖　好学

多才多艺

让多少乡亲惊异

让父母脸上常常挂满微笑

过年时家家门上有您写的春联

村里的文艺活动

少不了您的吹拉弹唱

对未来社会的畅想

您精心描绘在一面面墙上

大字不识的乡亲们

知道了为什么要跟着共产党

画作上了省报

学校里频发奖状

多少人啧啧称赞

"先生家的孩子就是不一样"

工作几十年

您心中只有人民的利益

您追求的只有共产党人的理想

您走到哪里

哪里就会有群众的好评

哪里就会有创新与创造

改造职田山河的蓝图里

有多少您的宏大构思

享誉全省的"职田经验"里

有多少您的智慧和辛劳

铺满职田原野的绿色里

有您的心血和汗水

七十年代的职田历史里

少不了您的诗情和梦想

您转战农金战线

咸阳的赞歌在全省唱响

您走遍三秦大地

陕西农行的国际交流

多次在全国上榜

总行高评专家的名单里

有您的名字

中国农行的史册里

有您辛勤的笔墨香

您笃信

学习是精神营养之源

有思想就有力量

改天换地的间歇

跋山涉水的路旁

处处都有您读书的身影

处处都是您学习的课堂

文史哲经　时事政策

绘画戏剧　书法诗歌

您无休止地徜徉在知识的海洋里

您不停息地采撷着真善美的琼浆

您在博采众长中明晰自己的方向

您在博古通今中形成自己的思考

您把诗歌写进

清塬　豳原　秦原　唐原大地

您把论文写遍

职田　旬邑　咸阳　三秦山河

《经济辩证》缘农金

《十年苦战》情思长

《烟尘回望》说哲理

《扶苏传》剧史实详

情歌多唱农家曲

史志都为桑梓忙

书画常展平生志

笔耕从不歇半晌

书家作家名实符

毛诗理事足辉煌

余庆堂文化

您潜心传承弘扬

历史源流您发掘

家训赓续重身教

一个个家风故事

树起一道道做人的标杆

一首首先辈颂歌

镌刻成一张张美德的金榜

对父辈们的奉养送终

您总是亲力亲为

细心周到

对兄弟姐妹的指导帮助

您总是尽心尽力

古道热肠

您重视侄男子女教育

教读书　教做人

耳提面命　做出榜样

您关心孙辈们的成长

问学习　问健康

书画寄语　纸短情长

您克己奉公的情怀

就是余庆堂永远的旗帜

您勤劳不息的身影

就是激励后辈不断进取的力量

您是永不褪色的余庆堂之光

我们衷心祝愿您

永葆青春　永享健康

相信在您的期颐之年

我们一定能够

再相聚　同欢唱

情思之痕

378

你是幸运的

——贺妻子七十岁生日

你是幸运的

尽管童年时

早早失去

母亲温暖的怀抱

不能像别人家的孩子

在母亲膝下承欢

搂着母亲的脖子经常撒娇

但父亲给了你正直和勤劳

哥哥教会你好学和坚强

心灵手巧　热情好客的嫂嫂

让你早早学会待人接物

手把手教会八九岁的你

擀面蒸馍

家里家外独当一面

这生活能力的培养

让你终身受益

不论环境如何变化

都有办法把家人的生活

调理得有滋有味　多姿多彩

长嫂如母

你对嫂嫂的依恋

就是向往母爱的投射

小两岁的侄子

一直扮演着弟弟的角色

一起劳动　嬉笑打闹

让你的童年回忆

总少不了一幕幕幸福的时光

你是幸运的

虽然生活的压力

让你小学二年级就远离了校园

但对能力提升的期盼

对知识增长的渴望

却从那一刻萌生

一辈子不断生长

陪伴你学会了缝纫

推动你学会了经商

行政管理岗位上不弱于别人

小县城里也小有了影响

考下会计证

中专毕业证书柜里藏

会计师的桂冠

时不时放射出光芒

人才荟萃的校园里

中层也还当得像模像样

卸任了　退休了

广场舞中竞风流

老年大学常学习

五音不全但努力

歌唱老师常夸奖

六十多岁下水学习

游泳池里竟也能经常徜徉

不自卑　不服输

一辈子坚持学习

一辈子自立自强

你是幸运的

本就是再普通不过的农家姑娘

没有优雅的气质

没有姣好的容貌

你离开县城

走进了都市咸阳

又从机器轰鸣的厂房

走进书声琅琅的知识殿堂

你人生的每一步

都有身边人的鼓舞

虽然很少卿卿我我

却从来不缺少激励

和精神力量

你是幸运的

虽然很少去耳提面命

谆谆教导

女儿女婿却都优秀

在各自的岗位上

不断争得荣光

在你需要时

总会有他们坚实的臂膀

给你依靠

孙女的成长

更是不断给你带来惊喜和骄傲

对未来幸福的憧憬

让你激情常在　积极向上

一大群俊男子女

都是你的拥趸

喜欢你的阳光开朗

也常常给你稚拙的歌声

使劲鼓掌

只要收到你需要帮忙的信息

他们一定会放下手中的工作

还有一群至交好友

为你喝彩　给你帮忙

每遇生活的曲曲折折

他们总会替你出谋划策

帮你铺路架桥

幸运的你呀

要从心底里记住

知足就能常乐

控制抱怨

压灭心火

莫嫌弃老伴

不对儿孙要求太多

社会进步

国家富强

我们享受的一切

前无古人

后有来者

我们的夕阳

早已胜过朝日

珍惜生命每一天

潇洒地过

快乐地活

把兴趣发挥到极致

让潜能充分释放

只要对社会　对他人

有益无害

想干什么干什么

这应该就是

我们现在的生命价值

这就是我们

日复一日的

退休时光

给孩子们的回答

关于你们童年的记忆

大多已被岁月带走

但你们给家庭带来乐趣的场景

却时时在长辈眼前闪现

这困顿家庭生活中的佐料

给长辈们"像人家一样"努力

增添了多少咬紧牙关的理由

你们渐渐长大

升学　就业　结婚　生子

谁没有经历起伏曲折

谁不是在风雨之后

才迎来彩虹

你们的起伏曲折

哪位长辈心中未留下深深印痕

你们穿过的风雨

哪位长辈的皱纹里找不到踪影

扛住困苦的闸门

为你们争得发展的空间和自由

这就是长辈们奋斗的重要动能

当白雪渐染我们的青丝

便到了你们各成精英之时

金风从四面八方赶来

争相叙说着你们金灿灿的收成

你们的幸福

也让风儿的报喜话语

总被甜甜的蜜儿浸透

虽说早已日过中天

我们却感受到晨曦唤醒的萌动

不去抱怨时光飞逝

只愿生命的每一刻

都奏响有意义的音符

西下的夕阳

怎会记着曾给过小草温暖

晚霞中的老马

只会照着自己认准的方向

自由自信地迈步

再没有任何人鞭策

也不期望任何关照和救援

唯愿时光的影集里

留下坚实坚定的足迹

和那自立自强的身影

跟 着

——和侄女同名诗

那一年

我拉着你的小手

一同唱着歌儿　朝老家走

奶奶的每道皱纹都笑开了口

那一月

你走上了工作岗位

我和你迎着朝阳并排走

路边的花儿绽开笑脸

为你的成长铺就五彩路

那一天

你的工作有了新成就

偶尔听到他人事

对你的一声声夸赞

一池春水霎时被春风吹皱

今天啊

你陪着我在夕阳中走

我已经成为跟随者

希望不要被你落下太远

希望心中的花儿永不垂下头

赠回乡省亲的大学生外侄孙

看山看水看新村
听人听事听古今
懂得曾经万般苦
方知当下何其珍
树高千尺从根起
花开乡野亦动人
从兹踏上长征路
暴风骤雨壮精神

广州白云机场送小孙女赴英求学

机场送别情悠悠

雏鹰初试总心揪

迎风斗雪怎应对

越山跨海会运筹

冬去春来百花艳

雨过天晴景色秀

历经艰辛壮胆魄

云海无垠任遨游

小侄孙的梦

将来——

我要当最大的"官"

管住宇宙

管住地球

摘下星星玩

赶着月亮走

太阳任我指挥

把黑暗照的无影无踪

叫世界永远听话

山清水秀

五谷丰登

到处是好人

人人享幸福

现在一切的玩儿

都是在练着身手

◎ 友情真淳

真情总常新

时光带走了昨天的一切

永远带不走我们的记忆

上苍可以改变世界

但永远改变不了我们的友谊

每天的第一声鸟鸣

一次次唤醒我们的记忆

金色的第一抹阳光

为我们的友谊涂上又一层瑰丽

回　忆

多么深切的悲哀都会落在昨天
多么美好的体验都会成为过往
只有岁月不老
刻下一道道年轮
留下一层层记忆

记忆海洋的最深处
一定有刻骨铭心的情谊
共苦时的同心同力　坚定坚毅
同甘时的欢声笑语　酣畅淋漓
便是大海中最美的风景
不断在眼前回放
不断变幻神话般的景色

夕阳西下
总不忘朝霞初升的绮丽
总记得日正中天的金光满地
就让这多彩的回忆装扮晚霞

哪怕是离开人间前的最后一刻

也要发出光

给世界留下永远的印记

把握今天

明天难以完全猜透

昨天已被历史锁定

只有今天

自己可以把握

与朋友分享一篇美文

在美的世界里惬意同游

学一支歌儿

让生活伴着优美的旋律

养一盆绿植

让屋内春天永恒

做一件善事

让心灵充溢安宁

只要梦想变成现实

只要计划成为行动

今天的生活就跃动着成功

退休的生活啊

哪会有太多跌宕

精心策划中

让生活多一些色彩

有序忙碌中

让生命多一点诗意

享受闲适

享受安静

享受简约

享受友情

让每一个今天

都值得回味

让每一个昨天

都无愧人生

善待孤独

人生总会与孤独相逢

如沙漠只驼

似大海孤舟

微笑无人理会

呼喊没有回声

进入老景

孤独更会常伴你左右

不能负人走出沙漠

无法载人出海打鱼

少人问津

就是必然

大自然不留恋过去

回忆只在人们的梦中

既然无法回避

何不当作享受

海到无边天作岸

山登绝顶我为峰

遐思纵横无羁绊

大千世界任西东

两颗星星

从辽远的偶然中
飞来——
两颗星星
一瞬相遇
便碰撞—燃烧—相熔
爆发出从未有过的
多彩亮度

此后
我便不再是我
你也不再是你
你中有了我
我中有了你

分离是必然
美丽的相遇
便成了永远
相互牵挂的

理由

纵使过了千年万年

这一刻的相遇

也会让

新的希望萌动

编织云锦

每天清晨

我们都会用暖色的问候

暖色的祝福

开始温情地编织

已经如此制作了

多年的

友谊的七彩云锦

很难确切地记起

这样的编织起始于

哪年哪月

哪个时辰

只知道

这匹云锦

已经很长很长

时刻闪耀在

我们的心海

陪伴着我们每一个心跳

情思之痕

让我们的生活

多了光芒

多了色彩

庆幸我们的人生

有了如此美好的亮色

我们的编织应该与生命同在

让世界因为我们

多一点韵味

多一分精彩

老了要多做减法

老了就要多做减法

因为逐渐老去的身躯

已经越来越不堪重负

看轻看淡　放开放下

把机会留给社会中坚

他们在人生舞台上

需要大展身手

丢掉常年不用的物品

不论多么贵重　多么不舍

让自己在简单的生活中享受清净

删除朋友圈里

不常联系的旧交

因为相互在心中

已经无足轻重

不考虑为后人留下多少财富

"儿孙自有儿孙福

莫为儿孙做马牛"

的谚语

已经把人生悟透

老年也要做加法

千万莫忘真朋友

牵挂问候不可丢

心心相印多交流

常晾晒友谊

常洗涤亲情

在《登幽州台歌》的意境里

观察　享受

这只有一次的

人生

欣赏平凡简单

生活

总要在柴米油盐

吃喝拉撒的交响中走过

心灵震颤

情感激荡

深邃思索

都离不开平凡简单的日常

无法嫌弃柴米油盐

不能离开吃喝拉撒

在习以为常中

寻找乐趣

在简单的旋律中

抓住稍纵即逝的闪光

用欣赏的心态

看待平凡简单的生活

花点心思

装扮岁月

让心中多些阳光

让世界更加敞亮

友谊的链条

短暂的聚

长久的分

相聚时

回忆　畅聊和期盼

把友谊的链条

紧固再紧固

分开后

牵挂　思念和祝福

把友谊的链条

拉伸又拉伸

链条和生命同在

链条会超越生命

与时空永存

情思之痕

人要有悲悯之心

悲悯之心

会让你的生命

增加厚度

助人也是助己

感动的泪花

就是对你最好的祝福

内心的安宁

一定会给你添福　添寿

这也是享受人生啊

不只为一花独放

更在意万木竞秀

友情贵真纯

人间友情贵真纯

无论利害重交心

与人为善诚作桥

同心寻美义薄云

且教电波费辛劳

总把新意相与闻

一杯清茶书为伴

夕照满天暖胸怀

童心最宝贵

老年童心最宝贵

无欲无求梦可追

功名利禄作粪土

顺天怡情心自醉

跟着乐趣走天下

惯看四海起风雷

善恶有报是金律

自信太平伴我辈

曾　经

曾经

顶一夜繁星

同在书海泛舟

灯光处处闪烁

心跳同一节奏

梦想渐次生发

憧憬变换面孔

曾经

伴花摇虫鸣

打场快乐的羽毛球

球儿密密织

球拍紧紧缝

友谊七彩缎呀

天天焕新容

曾经

乘月夜柔风

情思之痕

船儿不期而遇

风儿同向推

浪儿反向送

一泓诗情乍起

没入年轻河流

曾经

离别的汽笛

把思念载向几头

梦中寻觅

月下盘桓

给回忆做出新解

教情谊增色几重

如今

日过中天

双鬓染秋

世上时序更替

心中江河依旧

晚霞漫天

枫叶红透

岁　月

它总能留下痕迹
年轮　沟壑　皱纹　记忆

它总能戳穿谎言
撕破一张张美艳的画皮

它总与宏大联系
时间　空间　自然　历史

它总能包容万物
花鸟虫鱼　日月星辰

有人嫌它脚步匆匆
因为享有
成功　顺利　丰饶　富贵

有人怨它步履沉重
因为困于

挫折　孤独　贫穷　别离

它总让真诚的种子
开出友谊和爱情的花朵

它总教勤劳的汗水
结出成就和荣誉的果实

它总让智慧的精灵
不断带来惊喜和进步

它总给仁慈的灵魂
不断送上和谐与安宁

不管你愿意不愿意
它都在那里
不慌不忙　从容镇静

不论你赞同不赞同
它都不改变
冷眼旁观　客观公正

八厂 ① 寻旧有感

一

高楼林中小楼幽

斑驳楼板铺满愁

主家更迭似水流

新址新厂展新貌

旧景旧物忆旧游

新旧相替几时休

二

圆门萦绕青春梦

小楼回旋别样情

八厂履痕印平生

---

① 八厂指作者曾工作过的陕西第八
棉纺织厂。

银发相偕访旧地

慨叹几人已西行

应趁夕阳再同游

高中同学聚会

白发红颜笑语喧

情满人间四月天

童心不改追旧梦

壮志犹存对暮年

半生风烟化沧桑

一番畅聊添释然

相约来年塔下聚

共祈同窗大团圆

学友同游镇安

一

几番诚相邀

再启镇安行

绣屏敞胸怀

桂花香满城

金台雾岚深

佛界常清净

银发拂绿海

倩影增山秀

二

难忘家中宴

山珍长食兴

侄女厨艺精

同窗情更浓

义洲重友谊

情思之痕

伉俪伴吾游

结缘陕师大

情趣终生同

党校同学相偕旅游

一

两载同窗情谊深
卅年牵挂常在心
退休迎来新天地
自由方能互动频
延川曾尝枣花香
镇巴屡品茶味醇
旬邑美物难忘怀
渭南美景添新韵
共盼来年榆林聚
伉俪十对再相亲
人生最难得知己
学友之情永贵珍

二

喜游洽川处女泉

万亩芦荡绿映天
曲水轻舟意蹁跹
执手桥边荷花红
伊尹园里人声喧
温泉暖平额头纹
戏水生花酒窝旋
古稀同窗喜携游
共话情谊回少年

三

独夫绞杀大革命
三秦枪响第一声
领袖转战数十县
惊世诗情由此生
路遥文名誉万代
深根原在穷村中
乾坤奇景多地有
河到此处最灵秀
同窗浓浓清涧爱
志川伉俪当首功

四

扶苏墓前说大秦

石刻雕出民族魂

地委旧址怀先辈

郝家村里观祥云

中华宏阔文明史

根脉枝蔓绥德寻

不负一游时回忆

提纲挈领有美文 [1]

五

功败垂成作镜鉴

闯王曾经震天下

米脂从来聚豪杰

雄师到此出彩霞

再造山川高西沟

催开万里幸福花

---

[1] 同学鲁柏江每天在美篇 APP 写游记。

深度游览赖同窗

情谊内涵再升华

六

兄弟姐妹来八方

同窗之谊寄佳酿

歌声起落福星闪

笑语浮动喜气昂

难有古稀生日宴①

立得心底真情坊

年年今日忆清涧

同与柏江眉飞扬

———————————

① 是日正值同学鲁柏江 70 岁生日。

情思之痕

424

党校同学西安聚会

一

西安饭庄再聚首

九全九美多白头

同窗当年朝夕趣

共助今日欢乐酒

他人常羡富贵事

我辈最重学友情

怀旧歌响卡厅里

畅想梦醉不夜城

二

诗意寻访诗经里

佳期遐想昆明池

筋道不忘水师面

烂香当推手撕蹄

水街携游笑声朗

渭河拍照晚霞奇

杨凌党校夜点盛

一日风光永相忆

三

土壤研究学问深

智慧农业视野新

火龙果园品异果

王上村里瞻奇珍

枫油羊奶声誉起

农史博览美名闻

杨凌引领现代潮

中国饭碗有基根

四

幸福林里说幸福

雁鸣湖边话人生

饯别宴开美酒醇

互祝寄语情意浓

相识皆因缘分巧

厚谊贵在道相同

百年之约重康健

同享太平夕阳红

06

篇
六

附 | 录

2011年以来，应一些学校、单位和朋友之约，我先后写了几首歌词，经一些老师或专家谱曲之后，分别成为校歌、企业歌曲或重大活动的主题歌。这里仅编入相关歌词。

快乐上学歌^①

迎着朝霞　和着泥土的清香　我们走进快乐的课堂
老师给了我们智慧的双眼　我们走进快乐的课堂
我们把水滴探究　我们把虫儿猜想
鸟儿为我们唱起动听的歌谣
我爱这快乐的学习　爱美丽的家乡

沐着春风　和着花儿的芬芳　我们走进幸福的课堂
老师给了我们想象的翅膀　我们走进幸福的课堂
我们向昨天提问　我们把明天向往
风儿给我们带来金色的梦想
我爱这幸福的学习　爱美丽的家乡

---

① 此歌由陕西师范大学音乐学院杨昊云老师谱曲，
现为陕西省咸阳市旬邑县清塬中心小学校歌。

清塬中学校歌 ^①

清水沃土　石门风光　我们在这里编织梦想

引知识的琼浆　浇灌希望的田野

靠光荣的传统　锻造钢铁的臂膀

前进　向前进

我们用勤奋装扮每一个清晨

前进　向前进

我们用真诚染红每一抹夕阳

我们走在金色的大道上

清风送爽　满塬果香　我们在这里收获成长

让世界的风云　开阔我们的胸襟

让祖国的明天　唱响我们的凯歌

前进　向前进

我们用坚毅迎来每一个丰收

前进　向前进

我们用创新构筑每一个辉煌

我们走在金色的大道上

---

　　① 此歌由陕西师范大学音乐学院杨昊云老师谱
曲，现为陕西省咸阳市旬邑县清塬中学校歌。

旬邑中学校歌 ①

公刘盛都　幽风故乡　抚育我们成长的地方
书声琅琅　弦歌飞扬　我们的校园洒满阳光
旬中　我亲爱的母校　你为我插上腾飞的翅膀
给我美德　给我智慧　给我力量
给了我建设祖国的远大理想

塔铃声醉　汃水流香　我们理想启航的地方
实践创新　传承弘扬　我们谱写青春的华章
旬中　我亲爱的母校　你为我指明了成功的方向
开拓进取　顽强拼搏　乘风破浪
我们为美好明天扬帆远航

———————————

① 此歌由西安电子科技大学李歆老师谱曲，现为
旬邑中学校歌。

特教学校之歌①

特校是河流　四面八方的爱意　沁入我们心中

温暖心灵　丰富心灵　强大心灵　提升心灵

唤醒一个个沉睡的憧憬

手语唱起幸福的歌声

盲文谱出欢快的乐曲

生活展开了一片绿洲

特校是舞台　演绎爱的春种秋收　老师们放飞梦想

爱的耕耘　爱的播种　爱的生长　爱的收成

织成人间最美的画图

我们听到父母的呼唤

我们看到了晴朗天空

希望让我们挺胸抬头

---

① 此歌应几位特教学校校长提议撰写，由西安音乐学院李瞳老师谱曲。

特校是大路　我们的爱蹒跚起步　汇入爱的洪流

给校园　给家庭　给社会　给世界

奉献我们的一份光明

我们的生命更加富有

我们的精神无比丰足

我们的未来铺满锦绣

校外教育之歌 ^①

快乐课后　幸福假日　我们的生活激情飞扬

走向大自然　走进大课堂

在实践探索中　碰撞创新的火花

在文化传承中　学会把责任担当

校外教育　校外教育

撒播希望的种子　催生遍地栋梁

铺就漫天云锦　迎来无限风光

送去春雨　引领方向　给梦想插上腾飞的翅膀

发现新亮点　鼓励新创造

在合作互助中　打造团队精神

在战胜困难中　让意志坚强如钢

校外收育　校外教育

撒播希望的种子　催生遍地栋梁

铺就漫天云锦　迎来无限风光

---

　　① 此歌为教育部基教司在陕西召开的校外教育现场会专题文艺晚会的主题歌，由西安音乐学院原副院长韩兰魁教授谱曲。

西安育英小学校歌 [①]

你从延安走来　延河的涛声陪伴你成长

春苗在这里发芽拔节　雏鹰在这里展开翅膀

勤学　探究　强体　担当

厚德　博学　知行　致远

啊！我们的有英小学

你是一块芳草地

给祖国装扮着无限春光

你从古城腾飞　丰厚的文化给你力量

梦想在这里绽开笑脸　希望在这里铺满金光

勤学　探究　强体　担当

厚德　博学　知行　致远

啊！我们的育英小学

你是一座百花园

给世界奉献着无限芬芳

---

① 此歌应西安育英小学李继恒校长的请求所
写，蒋毅老师谱曲，现为西安育英小学校歌。

红烛之歌 ^①

送上温暖　送上幸福

跳跃的心啊　把多少梦想催生

别看我一点儿火苗　却能让知识的烈焰升腾

别说我一点儿热量　却能叫一派生机悄然萌动

为了所有梦想变成现实

燃烧自己　我点亮人生

送上欢乐啊　送上光明

透亮的心啊　把多少希望播种

别看我一点儿亮光　却能帮你迎来金色的黎明

别说我一点儿烛红　却能给你的生命添一分生动

为了所有希望收获成功

化作彩虹　我笑傲长空

---

① 此歌由西安市音乐家协会原副主席兼秘书长张林先生谱曲，刊登于《音乐天地》杂志 2021 年第 2 期。

关爱工作者之歌①

离开了奋斗的主战场　革命的热情不下岗

做一名勤劳的护花使者　为祖国的花朵添色添香

帮孩子们扎根中国大地　优秀文化里汲取营养

撒爱心陪伴孩子们一起成长　祖国花朵芬芳了壮美的夕阳

离开了奉献的主战场　坚定的初心不下岗

做一把默默无闻人梯　为祖国托起明天的太阳

帮孩子们畅游科技海洋　让孩子们插上创新翅膀

撒爱心伴孩子们放飞梦想　成功的笑脸映红了夕阳

离开了拼搏的主战场　光荣的使命不下岗

做一个有情怀的筑路工　为祖国的未来走向远方

助力打开面向世界的大门　为命运共同体积聚中国力量

撒爱心伴孩子们为国争光　胜利的足迹沉醉了夕阳

---

① 此歌由西安市音乐家协会原副主席兼秘书长张林先生谱曲，刊登于《音乐天地》杂志 2021 年第 8 期。

康全人之歌 [①]

翻越千座山　蹚过万条河　我们把平安送给每所学校

解开个个心结　架起座座金桥

我们让健康和安全　去陪伴每位同学

风餐露宿　披星戴月

为着同学们全面发展　我们用智慧和担当

构筑着成才阳光道

打开千重关　踏平万里浪　我们把平安送给每所学校

拨开层层迷雾　迎来道道霞光

我们让幸福和快乐　去滋养每位同学

呕心沥血　披肝沥胆

为着教育的春天永在　我们用心血和汗水

浇灌着满园百花香

[①] 此歌应陕西康全教育保险经纪有限责任公司总经理卜晓黎先生请求所写，由陕西师范大学音乐学院杨昊云老师谱曲，现为该公司司歌。